LANXUE
SHICUI
CHUBIAN

兰雪诗萃初编

姚蓉 周加祥——主编

上海大学出版社

2023年11月4日，中华诗词学会副会长刘庆霖先生为“中华诗词学会松阳创作研究基地”授牌

2023年11月4日，上海大学诗礼文化研究院院长邵炳军教授为“上海大学中华古诗文吟诵和创作实践基地”授牌

2023年11月4日，首届“兰雪杯”全国诗词大赛嘉宾松阳采风活动

2023年11月4日晚，首届“兰雪杯”全国诗词大赛颁奖典礼暨兰雪诗词吟诵晚会

夜幕下的张玉娘诗文馆

雪中的延庆寺塔

（感谢松阳县文联提供图片）

本书编委会

目　　录

兰雪情怀

诗画山水

松阳胜迹

生 态 康 养

贺诗荟萃

序

中华诗词学会常务副会长　林峰

松阳建县于东汉建安四年（公元 199 年），为丽水之始、处州之根，县域中部的松古平原一马平川、良田万顷，是浙西南最大的山间盆地。松阳古县不仅风光秀美，人杰地灵，而且诗河荡漾，佳构琳琅。乾隆《松阳县志》卷首载“松阳十景图”，每图均出之以诗，由邑令曹立身所撰。1925 年续修县志，总编高焕然又重题古邑十景。观历代《松阳县志》中的《人物志》《艺文志》等文献所载文学名家之酬赠题咏更是不可胜数。楮墨之间、觞咏之际，构成了一条清晰坚实、传承有序的“松阳文脉”。《兰雪诗萃初编》的结集出版正是这一文脉的生动延续。

习近平总书记指出：“着力赓续中华文脉、推动中华优秀传统文化创造性转化和创新性发展，着力推动文化事业和文化产业繁荣发展。”党的二十大以来，松阳县委、县政府高度重视乡土文化和诗词文化的融合发展，围绕张玉娘诗文馆、“中华诗词之乡”和生态文化建设，开展了一系列传承中华优秀传统文化的实践活动。

张玉娘是宋代四大女词人之一，也是松阳历史文化名人的优秀代表，所著《兰雪集》堪称宋代女性诗人的传世之作。以之为主题的张玉娘诗文馆于 2019 年开建，2021 年对外开放，经进一步改造提升，又设立中华女性诗词馆。馆中展陈春秋到近现代的典型女性作家作品，成为一张明亮的地方诗词文化名片。2023 年，由松阳县人民政府与上海大学诗礼文化研究院主办，中共丽水市委宣传部、丽水市文学艺术界联合会、松阳县文学艺术界联合会、松阳县文化和广电旅游体育局协办的首届“兰雪杯”诗词写作大赛、首届“兰雪杯”全国诗词大赛颁奖典礼暨兰雪诗词吟诵晚会、首届兰雪诗词研究暨第四届丽水瓯江山水诗路与中华生态诗创作研讨会等系列活动陆续展开。来自中华诗词学会、全球汉诗总会、中华诗词研究院、中国元代文学学会的相关领导以及清华大学、复旦大学、南京大学、南京师范大学、上海大学和丽水市诗词楹联学会的专家学者相聚松阳，各抒己见，相互交流，从不同角度、不同视野研究和探讨了张玉娘诗词文化、瓯江山水诗路、瓯江诗派、中华生态诗等相关理论问题，为中华优秀传统文化的传承与传播建言献策，不遗余力。

在诗词写作大赛和学术交流会期间，涌现了大量讴歌张玉娘和古代杰出女性，题咏松阳山水名胜与风土人情，赞颂瓯江诗路以及生态理念的诗词作品。编委会抱着好中选优、精益求精的态度，从中选取800余首佳作，厘为“兰雪情怀”“诗画山水”“松阳胜迹”“生态康养”“贺诗荟萃”五部分，题为“兰雪诗萃初编”。本书深刻反映了新时代、新山水、新生活、新气象，既充满古典气息又具备时代精神，展示出丰富的艺术表现力，可视为当代诗坛的一部优秀作品集。

“兴观群怨”是孔子对诗歌功能的精妙总结，既可以抒发诗人情感又可以观照现实生活，正如历代松阳县志中所载“观风者于此可以验风俗焉，可以考政治焉，正不徒以咳玉唾珠，供文人之赏识而已也”。今年是松阳建县一千八百二十五年，正值新修《松阳县志》两周年，双重佳话，双喜临门，又为本书的出版增添了一种厚重的历史人文内涵。期待“初编”之后更有“续编”“三编”等精彩延赏，为大美松阳存一时之文献，留一代之风貌，续一地之文脉。

二〇二四年五月

兰雪情怀

卜列卡 浙江

减字木兰花·张玉娘

家门富贵，酷爱吟诗心地美。一世忠贞，不为钱财重爱情。　　送君赴考，望断天涯悲剧闹。日久伤忧，泪尽西归佳作留。

曹刚 山东

七律·张玉娘颂

门第书香出慧娇，才丰运舛叹无聊。
情钟一念诗心在，义感千年鹤梦凋。
忧国忧民忧岁月，诉悲诉憾诉晨宵。
篇篇兰雪凭吟诵，逸韵贞风胜鼓箫。

曹海云 内蒙古

玉蝴蝶·题张玉娘

晚读若琼生世，大家闺秀，南宋词人。可惜昙花凋谢，志配沈君。独情衷、玉娘效祝，诗句美、笔墨亲民。出尊门。女红精艺，主婢皆仁。　　追魂。品吟兰雪，明其才智，字贵奇珍。罕见冰清气质，绝唱在青春。实悲怜、命伤绝食，甚自慰、坟冢成婚。笑凡尘。事从风俗，竹马离分。

曹杰 广东

家藏《兰雪集》题后（中华新韵）

词落秋霜宝剑锋，如兰如雪亦如琼。
相思最是写难尽，春涨瓯江明月中。

查汝钊 安徽

怀 玉 娘

十二楼台烟雾里，玉娘新自广寒归。
云鬟乱绾青鸾髻，罗袖轻沾白雪衣。
金屋有人春寂寞，银河无路月依稀。
相思欲寄双鱼去，目断天涯雁影飞。

常桂民 河北

吊 若 琼

世事无常亦有常，浪淘千古任流芳。
案留兰雪忱佳俪，腹满才情胜羽裳。
红泪堪酬无怨女，冰心不负有情郎。
床前若读生香句，晓梦回时探玉娘。

陈宸 北京

踏莎行·拟张玉娘《古别离》本意

霜晚空林，月斜野草。露华冷雨金茎老。美人何处理瑶琴，冥冥归去云间杳。　　病枕魂消，愁城酒绕。芙蓉欲采波光小。西风吹彻玉笙寒，一身明月和香袅。

陈发彬 辽宁

玉　娘　曲

江南秘境古松阳，卯山风吹百花香。
胜地迤逦寻故事，风人笔墨赋鸳鸯。
有宋词人多巾帼，兰雪集成情脉脉。
盟约更比金石坚，襟怀好似冰雪白。
寻常咳唾尽珠玑，山高月小思依依。
从军行里豪气满，双燕离中知音稀。
世为梁祝多心痛，谁怜凄苦惊残梦。
魂消身去春复秋，侍儿鹦哥和泪送。
八百年来谁为记，贞文字字说真意。
人生如戏几回圆，但留操守感天地。
志节高迈杳凌云，乘鸾来去幽可闻。
此日瓯江诗路上，怅然抚卷沐兰薰。

陈惠群 湖南

望海潮·赞松阳张玉娘

（依柳永《望海潮·东南形胜》体）

神州瑰宝，江南秘境，红尘远隔松阳。林海氧吧，仙源福地，珍稀物绚东方。红豆发杉香。韭生亿年远，史溯洪荒。白耀天鹅，瀑飞仙女、美无双。　　钟灵独秀诗乡。看春闺一笔，兰雪千章。朱墨画龙，瑶篇起风，文光壮薄星光。何道只情长。三十遴骁勇，尤爱戎装。豪气千秋尚凛，如剑落秋霜。

陈剑鸣 浙江

满江红·南宋女词人张玉娘咏

古韵松阳，出贞女、若琼风骨。工女红、更精诗作，操行冰洁。常与沈郎诗相伴，亲缝信物心难夺。酒三杯、金榜望归程，依依别。　　松阴水，流不歇。思情苦，窗前月。喜报连噩耗，泪干心裂。终日寡欢花陨落，芳华辞世天呜咽。鹦鹉冢、兰雪集诗魂，千秋绝。

陈毛毛 北京

咏松阳张玉娘

瓯山浙水春明地，绿色田园锦绣乡；
古市遗风营汉梦，唐茶宋味入明堂。
吴音越曲吟兰雪，月小山高皎玉娘；
可忆痴情蝶梦处，松阴水畔问斜阳。

陈吾军 浙江

咏 张 玉 娘

瑶质玲珑咏絮才，一身兰雪玉为怀。
风华千古谁堪似，犹有清芳落笔来。

陈晓嵩 湖南

排律·过松阳吊张玉娘

江南灵秀地，山水蔚成章。
黛瓦浮烟现，黄花浥露香。
松风吹画角，宋韵满霞觞。
明月迎征雁，边情报玉娘。
从军骁勇气，仗剑冷寒霜。
捍国楼兰事，忧民成客裳。
知君千里志，许我一身狂。
他日驱狼顾，凯旋安故乡。

陈延河 河北

永遇乐·鹦鹉冢有怀

月小山高，我心悄悄，牵心诗句。今到松阳，谒鹦鹉冢，一霎潇潇雨。半坪幽草，几株枫树，自对秋风言语。倘佯久，俯身旧井，恍惚水纹些许。　　今来古往，佳人才子，多少神仙鸳侣。对景怜君，终生抱恨，无妄相思苦。关情侍女，解愁鹦鹉，怎抵沈郎还顾。怅归时，断云残碣，空山陌路。

陈忠仁 广东

临江仙·鹦鹉冢怀一贞居士

芳草冢前翩翩蝶，春风欲舞双飞。百年来吊不胜悲。问情何物是，生死直相随。　　《兰雪集》中英雄气，读来应愧须眉。吟将血泪有谁知。君心诗路月，依旧溢光辉。

陈忠远 浙江

宴瑶池·过丽水感咏南宋松阳女词人张玉娘遗事(并序)

南宋松阳女词人张玉娘诗词多家国之思,与并世女子之诗词迥异其趣,惜乎因重情而不得其寿尔。而玉娘自号“一贞居士”,其贞情可风。至于其侍女紫娥、霜娥与所畜鹦鹉,皆辩慧,时号“闺房三清”;迨玉娘溘逝,三者皆先后殉之,故人称张墓为“鹦鹉冢”;冢前掘有一井名“兰雪泉”,冢后高建两楹三间“贞文祠”,大门额书“贞文千古”云。兹感其遗事,采用宋人柳永体倚声,兼从元人白朴改《八声甘州》为《宴瑶池》名目作法,且依其韵填之也。

对西屏街道[①]思翩翩[②],茶香满吟笺。过松阴溪畔,箬寮林里,延庆塔[③]边。最忆翠鬟丹脸[④],回首弄云烟。一掬碧湖水,澄映心田。　八百年间桑海,念题红当日,两意缠绵。甚苍天不佑,鹦鹉泣颠连。梦鸳鸯、侍儿小姐,感情深、贞一[⑤]入诗篇。休惆怅、记家国事,自足光前。

[注释]

① 西屏街道,即松阳老街,位于老城区,系松阳文明之发祥地也。

② 思翩翩,指元末明初张适的《题笠泽陆氏隐居》:“感恩怀耿耿,厌俗思翩翩。”

③ 塔,指从宋人“以入代平”作法也,抑亦所谓“专名可不计平仄”者是也。

④ 翠鬟丹脸,指唐人高蟾《华清宫》:“何事金舆不再游,翠鬟丹脸岂胜愁。”

⑤ 贞一,指守正专一也。汉人刘向《列女传·鲁寡陶婴》:“婴寡终身不改,君子谓陶婴贞一而思。”

成经满 湖南

题张玉娘

松阳红豆花零落，
鹦鹉悲鸣伤断肠。
兰雪佐谈如在目，
痴情最是玉娇娘。

承洁 江苏

金缕曲·松阳鹦鹉冢（依龙谱）

旷世词争诵。向松阳、山川遍踏，访碑寻冢。兰雪素辉浮泉眼，记取倾心鸾凤。凄绝调、高腔撼众。不恨风涛缘欲断，恨阴阳相隔终难拥。山月句，识情重。　　幺弦一曲秋声送。仰滨江、玉娘纤影，黛眉含恸。泣血断肠乘鹤去，终解孤芳别梦。双侍女、鹦哥与共。执念痴情同生死，问枫林红叶谁人懂？贞节叹，宋词洞。

程丽平 浙江

怀忆张玉娘

一

独守松荫寝枕难，寄书度日叹蹒跚。
青灯照壁忧思印，冷月浮烟夜影寒。
情意当追梁祝誓，梦痕又见雁声残。
绮才未尽谁人诉，清婉诗词似雪兰。

二

尘世浮喧苦作熬，一生短暂却惊涛。
闺房琢句词凄艳，边塞题诗韵俊豪。
别恨书文追夙念，遗香兰雪竞风骚。
传名婉约齐清照，叹惜凌虚墨气高。

三

宋词入品玉娘名，遥见重逢句里行。
史馆新秋兰雪展，文园旧址客人迎。
无声图片犹相识，有色诗书任自评。
网络含香传逸韵，吟牵今古也关情。

程良宝 陕西

卜算子·玉娘泪

梦里诉衷情，梦醒情难诉。泪洒残笺抱病吟，旧影常回顾。　　兰雪记当年，恐被当年负。再忆当年那段情，叠满相思句。

程允清 浙江

兰雪井怀旧

丹枫片片为君妍，双燕分飞悲九天。
浪卷韶华情寄语，弦哀诗赋病相怜。
哭郎一曲千丝泪，惊梦三更二手牵。
古井泉声兰雪咏，离殇借韵待年年。

戴大海 河南

鹦鹉歌(五古)

丹枫灿云霞,青冢埋鹦鹉。
鸟为世所奇,人亦稀可数。
张氏女中英,家世出州府。
才如曹大家,绣口珠玑吐。
节如凌云松,冠盖蔽华宇。
十五有婚约,父母曾作主。
沈氏家渐贫,张家悔为伍。
玉娘守前约,誓不畏清苦。
锦绮传丽词,素心互相许。
慷慨塞上曲,莫教效儿女。
沈生赴秋闱,负笈离乡土。
索我紫香囊,与他寒衣补。
嘱他远行役,慰我头自俯。
嘎嘎杂喏喏,江鸥学人语。
京试经论策,榜眼当钦取。
高折一支桂,度我还度汝。
登科欲南归,恨不身插羽。
不堪劳远思,连日买江橹。
逆旅复兼程,竟不避风雨。
积思忽成疾,永逝江之浒。
惜哉水上鸥,惊散各飘举。
噫乎山之高,崩摧失撑拄。
逝者长冥冥,生者但踽踽。
昔作古别离,今作断肠谱。
孤琴虽自抱,弦断不可抚。

可怜清夜阑，红烛为谁妩。
红尽独关愁，呜咽怀旧浦。
情独钟一人，义足迈千古。
又是元宵过，思病长未愈。
帐中血暗流，江干号杜宇。
苍天岂有情，尔目一何瞽。
古先岂有方，尔舌一何腐。
孤梦入微茫，斯人梦中睹。
驾车远相迎，丰姿何栩栩。
呼君君不闻，舍我何莽鲁。
使我青云鬓，添尽素丝缕。
半月竟不食，沉疴侵肺腑。
兰雪空殒身，双亲何凄楚。
悲来诗托梦，求葬故山侣。
两婢唤双娥，泣死竟难阻。
鹦鹉感养恩，悲鸣死花圃。
生时为三清，死亦为之辅。
新坟高尺三，旧坟高尺五。
烈烈死亦贞，精魂渺何处。
时有鹦鹉来，不辞寒与暑。
两两相依偎，尽在枫中舞。

单楚翘 辽宁

金缕曲·读《兰雪集》怀张玉娘

望断三千里。盼归来、西窗剪烛，赌书浮蚁。离燕孤飞凭谁问，斜抱云和垂涕。记旧约、乘鸾珠履。月小山高心皎皎，待何时、此恨方能已。拈玉管、述风旨。　　情深不惧烟云起。送流年、冰怀雪抱，蕙兰堪拟。回首松阳留欢处，听取贞文料理。并化蝶、人间悲喜。料想重逢三清伴，画蛾眉，比翼从今始。歌一曲，长相倚。

刁江波 黑龙江

七律·谒鹦鹉墓（平水韵）

村野西屏裹素妆，风嬉蝶绕诉痴狂。
融融月下摇疏影，洒洒莹中送暗香。
染鬓啼痕飘韵气，摩云冷骨映松阳。
回眸诸事卿消息，癸卯花红隐故乡。

丁德涵 江苏

兰雪寒烟

孔雀东南拍序飞，山高月小事难违。
玉钗有泪芳魂断，锦瑟无缘侣梦归。
愁共阳台成楚雨，恨同心镜托春闱。
响铙瓯水桃源豁，兰雪寒烟不忍挥。

丁金波 湖南

水调歌头·玉娘吟

踽踽瀛陵女，清澹雨烟津。莺翻金缕，题遍新句带愁瞋。空舞鸳鸯长袖，幽暗相思环佩，风约乱红纷。离恨发秋草，鹦鹉万年邻。　　花为韵，山为骨，水为魂。净如明镜，翠鬓灵动湿轻云。封与青龙月色，酿出天然风味，蝶绕错寻人。欲识玉娘面，兰雪色长新。

丁运时 湖北

浪淘沙(读《兰雪集》感怀)

苦雨覆兰残，衾冷雪寒。更深梦断泪沾衫。几度遭逢离又远，人距千山！　　尺素墨痕干，叠嶂重峦。若琼凄绝任波澜。郎去无端愁似水，眼底心间。

董宏霞 浙江

挽《兰雪集》有赋

忆昔荒园雨泣风，而今诗馆馆藏丰。
西窗泪湿品兰雪，南宋梦回闻羽宫。
清韵泠泠山月皎，文辞熠熠至情融。
长吟尤叹心高洁，举目秋枫正染红。

钭国星 浙江

谒鹦鹉冢

独向城西觅古茔，枯枫摇落诉悲声。
锦囊纵寄灵均操，竹马难圆连理盟。
谢女叹卿无再世，沈郎疑我是前生。
可怜山月茕茕小，犹照幽兰雪里贞。

杜天明 黑龙江

读张玉娘《兰雪集》

山高月小为君倾，我信人间有爱情。

心性哪堪天性烈，思潮不似夜潮平。
古风检点仍无价，凡俗消磨复有声。
尽善合当同穴老，寻常日子赖经营。

段巨海 山西

兰 雪 雅 韵

诗寻秘境过松阳，丽水明珠拜玉娘。
兰雪才思堪溯玉，雅和格调等娥皇。
犀灵难就双离燕，蝴蝶空劳一断肠。
莫讶红裙奇女子，要登工部锦诗堂。

樊敏青 浙江

意难忘·癸卯秋分读张玉娘《兰雪集》诗词有感

闺阁兰香。暖春青杏小，淡雅轻妆。灵心迷刺绣，妙笔著词章。回首笑、倚雕廊。东风舞罗裳。夜阑静、低眉琴案，窥月思郎。　　云中北雁南翔。盼君归来日，伴读西窗。别离情最苦，思念意难量。闻霹雳、碎心肠。怎奈隔阴阳。泪洗面、芳魂澡雪，贞洁贤良。

范俊 江苏

三清鹦鹉图

生时相别死相通，一世悲情一画中。
月皎凝霜萦夜紫，枫寒凋血浸丘红。
怨随离雁哀啼尽，魂与病鸾归梦空。
鹦语凄凄飞积雪，兰香隐隐亘冰风。

方明钦 福建

小重山·兰雪赋

兰雪松阳张玉娘。仙妃词骨葬、忆云乡。若琼红泪断人肠。川上女，诗赋竞群芳。　　泉井百年觞，红妆伤对镜、自悲伤。泪涟魂散湿罗裳。哭沈子，塞上忆笳腔。

冯捷 江苏

七律·兰雪

百里瓯江江水漫，千秋异代泪难干。
缠绵如是非梁祝，才思应知似易安。
双墓情长堪梦蝶，三山路远且乘鸾。
宁教此爱付兰雪，痴绝还留后世看。

符新卷 天津

七律·玉娘颂（中华新韵）

松阳画境一贞蕴，运蹇才丰仕宦身；
慧敏绝伦擎妙手，山高月小挚情真；
河梁把酒送君去，古道西风愁煞人；
暮雨朝云思共誓，三清冢内葬香魂。

付向阳 湖北

秋访松阳

天豁澄明百虑空，九龙传说画图中。

遥汀波涨秋烟绿，曲渚影描霞照红。
雁过银河疑有路，花开别院自迎风。
流连浑忘归程晚，犹向东篱叹不逢。

傅瑜 浙江

读《兰雪集》有怀

双燕分离侣梦休，事追梁祝倍伤忧。
才丰运蹇芳魂断，义重情深青史留。
闺阁三清惊九域，吟编两卷誉千秋。
鹦哥侍女知人意，生死相依夙愿酬。

高红梅 甘肃

玉蝴蝶·《兰雪集》感怀

自小才丰，挥墨赋作华章。笑青梅、诗怀独抱，慰竹马、宏愿高扬。好时光。倾情恩义，天地流长。　　思量。纷尘多变，不知繁劫，难料无常。敏慧飞书，字凝血泪寄哀伤。念奴娇、顿生缱绻，川上女、几结愁肠。望松阳。九冥同往，共跨鸾双。

高怀柱 山东

浣溪沙·颂张玉娘

苦雨凄风必立身，月光秋水不沾尘。世间只合作诗人。　　难断离愁伤往事，但凭梦境写良辰。丰碑高耸映乾坤。

高良华 山东

南歌子·读《兰雪集》感怀

夏日紫薇初结相思朵,终开羞涩容。嫣红改尽旧时青。忆里谁曾浅笑?恁娉婷。　　有份何劳梦?无缘枉恨生。夏来一树一盈盈。十里长街伫立,尽含情。

宫尚琴 北京

法曲献仙音·用韵张玉娘夏夜词

千仞云峰,夜岚缭绕,古寺闲通幽径。漫赏凌霄阁高,山壑松涛,竹风清影。白鹤殿,人清静,霜凝石阶冷。　　雾初净。玉娘吟、梦中憔悴,长叹恨、琴瑟友成空省。偃月寂无声,共谁说、心海酸耿。往事随烟,莫思量、苦忆久病。不如乘舟去,淡逐白莲青荇。

龚大烈 四川

满庭芳·张玉娘

忆昔松阴,谁家才女,元宵甘守闺房。纤尘洗净,兰雪抱芬芳。又是佳期至也,水墨小巷彩灯忙。西楼下,风叹翠竹,泪眼待沈郎。　　敲窗,离别久,欲携手,幻影对凄凉。玉兔堪怜,君自为谁香?我道知音难觅,凝心血,诗噎柔肠。今圆梦,江南秘境,新月拜松阳。

龚磊 北京

玉女摇仙佩·吊鹦鹉冢(依张玉娘原韵)

层楼错落,曲径幽深,不见豪门朱户。没土残碑,枯丛荒井,隐约大家风度。允我为君赋。愿香魂几缕，合眠长暮。问苍天、幽兰白雪，才子佳人，怎忍辜负？凉风起何时，叶落萧萧，争如哭诉。　　堪叹现时俗世，绿女红男，岂解其中凄楚。相遇其难，相依何易，莫使鸳鸯轻阻。本已多歧路。千般苦、伴我无言归去。料得是、归程路杳，今宵梦短，漫吟清句。频回顾。枫红几点添新妩。

龚仁秀 北京

游松阳县古村落怀张若琼女史

水绕山环碧雾笼，古村隐约紫云中。
篱边幽竹映阶绿，林下名花浴日红。
畴昔琼英化飞絮，祗今瑶草泣清风。
莫非文曲谪人世，相与沈郎回蕊宫。

顾文显 吉林

松阳鹦鹉冢

松阳灵秀地，古冢久流芳。
雨为鹦哥泣，头因婢女昂。
熏陶滋肺腑，默化淡炎凉。
愧煞须眉汉，当空拜玉娘。

郭绍鹏 黑龙江

谒鹦鹉冢咏张玉娘

难知泉下事，唯叹两情长。
泣血成诗意，吞声避月光。

如何先舍我，到此更怀郎。
决绝人间别，终于合骨傍。

郭星明 浙江

访张玉娘诗文馆并吊鹦鹉冢

兰雪千秋不老篇，痴情更自恨流年。
来寻孤冢吊鹦鹉，也学沈郎题锦笺。

郭晔菲 陕西

沁园春·张玉娘(贺铸体)

慕向班昭，纵贯松阳，鲜明越燕。写悲酸呕玉，哀伤渴澧；歌如兰雪，吟醉奇篇。阔锁江河，真寻诗味，尘世风情凝似樊。惊毫处，妙源流苦竹，正意成铅。　　愁缠。又少同年。若琼字、声声舒夏田。始落魂摇悦，操琴触兴，湘纹眉里，词调星前。持论精神，旷怀多彩，梦后佳人谙夜弦。犹银汉，望青娥负海，极目鸳肩。

韩建飞 浙江

朝中措·张玉娘

情为何物诉离魂，生死定终身。琴瑟终归梦幻，丹青绝少痴真。　　蕙兰操守，柏松姿态，冰雪精神。妙质不输时杰，道风未减闺门。

韩志清 山西

诉衷情·香囊情

江南秘境誉神州，才女世人讴。两心相悦如愿，岂料枉添愁。　　情未尽，意难休，梦乡游。青梅竹马，韵寄香囊[1]，千古风流。

［注释］

① 香囊，张玉娘与未婚夫沈佺的定情之物，张玉娘绣香囊并作《紫香囊》诗送于沈佺，被传为千古佳话。

何承刚 山东

临江仙·沈佺张玉娘故事

漫作新词酬酒，别来节序匆匆。孤星斜月碧云东。凭阑烟色里，吹梦雨声中。　　南浦鲤鱼何在，关山封恨重重。人间天各此时同。高唐一夜梦，吹浪五更风。

何建松 浙江

踏莎行·叹玉娘

朱户琼窗，池花岸树。佳人忧国凭栏伫。才华绝世著诗篇，流传兰雪情深处。　　天落寒酥，竹披缟素。殉情追去归西路。闺房烛泪泣无声，独留鹦鹉荒丘墓。

胡春耕 湖南

念奴娇·吊张玉娘

移川变谷，对千年人事，无言愁立。雨色双童山敛黛，飞鹭瓯江流碧。鹦鹉啼悲，瘗花铭断，兰雪凭沉寂。满城灯火，玉人何处调瑟。　　掩尽天下红颜，柔肠刚句，三百遗风客。漫漫思郎长对夜，千古痴情谁识。摇落丹枫，芳魂写入，青史松阳帙。昭昭明月，一丘长照松柏。

胡娟娟 湖北

题松阳诗文馆

楚水吴山酒满卮，一贞居士世尤奇。
数椽风雨双鸾梦，几处琴尊孤鹤悲。
兰雪猗猗鹦鹉冢，烟云漠漠断肠词。
流芳漱玉虽无价，情韵松阳更可期。

胡荣锦 广东

读《兰雪集》怀松阳张玉娘

贞孝青丝系紫缰，一抔鹦鹉冢松阳。
春来几处寻幽鸟，月冷无声过杜康。
兰雪词章犹带泪，玉娘诗骨已埋香。
多情我自瓯江去，生态山川化羽光。

胡新华 海南

读《兰雪集》有思

一笺兰雪一回肠，松邑难逢张玉娘。
恨不生为南宋子，相依红袖共沧桑。

胡杨 江苏

蝶恋花·张玉娘

才女诗词声播远。西汉班昭，才艺堪来断。清照诗词犹可选。词坛宋代佳名媛。　情定终身皆所愿。梁祝情深，独守闺房怨。

榜眼驾西肝寸断。惊魂花烛论长短。

黄国利 内蒙古

蝶恋花·题鹦鹉冢

霜叶飘零过绮户，鹦鹉坟前，合有琴如诉。不见子衿归日暮，有人望断西环路。　　《兰雪集》中听采苦，垂泪成珠，凝就伤心句。但使痴情天不妒，何妨化蝶双飞去。

黄如春 浙江

追忆张玉娘(中华新韵)

冰心玉质美娇颜，一片深情系沈佺。
望断郎归题郁笔，书成兰雪耀诗坛。
华篇小册千秋颂，丽赋词章万代延。
古邑松阳承使命，骚人后世忆绵绵。

黄世晃 上海

浣溪沙·张玉娘

心洁若琼无点瑕，诗书满腹运何差。沈郎一病便登霞。　　不愿人间寻富贵，偏求泉路共年华。双娥鹦鹉亦随她。

黄玉庭 江苏

浣溪沙·谒张玉娘墓园

霜叶无声飘落坟，贞文祠里泪留痕。奈何天命误终身。　　惊梦红楼悬冷月，痴情兰雪久蒙尘。百年说爱几多真？

黄郁贤 广东

五古·兰雪辞

一

浙西南松阳，江南秘境央。山光水影里，生养张玉娘。
出于官宦家，长于诗书香。姿容娇羞花，才情恣飞扬。
诗词动南宋，名比班昭彰。恨不呈骁勇，从军事北荒。
豪气冠巾帼，究是女儿装。青梅竹马时，婚约沈家郎。
风云孰难测，沈家父母殇。见其家道落，张父悔婚忙。
玉娘坚不从，诗记紫香囊。焉可双燕离，誓盟两鸳鸯。

二

表哥表妹情，才子佳人意。未婚夫与妻，相约永不弃。
欲成张家婿，必驭乘龙驷。为抱心上人，沈佺赴京试。
送君灞陵道，衣湿离情泪。捐资赠诗别，璧人各两地。
情郎一去后，夜夜相思织。朝云暮雨来，千里明月寄。
鲤鱼跃龙门，搏取功名次。及第摘榜眼，宫花簪帽翅。
报子到松阳，玉娘喜无已。梦里问情郎，何日回乡里。

三

薄命伴红颜，福祸两相叹。沈佺返程半，中途染风寒。
一病竟不起，奄奄于临安。骤然闻郎疾，痛彻撕心肝。
只想君归来，洞房共双鸾。妾不偶于君，愿以死同棺。
终是惊噩耗，灾恙至涂殚。玉娘哭沈生，终日泪洗栏。
绝了再婚意，懒理衣巾冠。望月时难捱，对镜孑影单。

情在郁郁里，人去杳杳端。纵然芳华好，奈何花伤残。

四

苦度是五载，梦与郎相爱。夜见郎朦胧，昼听郎凄忾。
又是元宵节，恍惚郎犹在。相思成煎熬，妾身实难耐。
不思茶与饭，无意尘世态。杳杳一缕魂，缥缈山之背。
生不能同衾，死后求一对。玉娘与沈佺，合葬同穴配。
侍女娥与霜，相继竟崩溃。豢养奇鹦鹉，悲鸣亡一块。
闺房此三清，陪葬墓丘塞。世称鹦鹉冢，路人皆嗟慨。

五

情踵独一人，矢志守节贞。殉情如是故，生命了着尘。
堪叹女才子，惜哉早凋沦。遗著冬兰雪，留芳夏秋春。
诗乃兰雪骨，人亦兰雪身。质洁何皎皎，情坚岂矜矜。
松阳风物好，山水绿如茵。风追瓯江雨，鸥逐浪上鳞。
毓秀育人杰，雪月落纷缤。唐宋诗词家，玉娘乃奇珍。
故事传千古，嘘唏感万民。再读玉娘诗，古意今犹新。

黄志伟 浙江

忆 玉 娘

一贞自幼越儒郎，镜月浮仙锦袖香。
空望古今沾秀许，世家有女落福阳。
兰洁合玉相佺帖，笄礼妆成妒贵娘。
鹈赴华飞瑶碧水，千芳流漫过瓯江。

黄中飞 广西

张玉娘之恋

玉娘初嫁已多时，不道君恩未许归。自是春来无好梦，何曾人世有危机。　　花前醉卧红妆面，月下愁看白羽衣。莫怪今朝更惆怅，一枝寒玉照清辉。

黄祖金 广东

玉蝴蝶·松阳游吟兼怀玉娘

百里浙西故郡，水墨小港①，独占风光。阡陌逶迤，漫步如梦黄粱。登南岭、烟笼四野，转北望、翠盖三乡。入吴邦，江南秀色，一半松阳。　　山河历历，悠悠文脉，几度沧桑？检点韶华，浮沉往事尽书香。羡人间、玉娘风雅，愈千年、依旧流芳。看鸳鸯，每吟兰雪，纸短情长。

[注释]

① 水墨小港，松阳地名。

嵇树国 江苏

张　玉　娘

饱读诗书貌若仙，时光苦短事难全。
魂萦公子忠贞守，梦绕郎君不思迁。
词隽堪胜漱玉美，韵稠当数雪兰篇。
贤才八斗众人叹，学富可攀清照肩。

吉铁兵 辽宁

水调歌头·松阳谒张玉娘

此女感天地，一谒泪沾襟。其情堪比梁祝，传颂到如今。鹦鹉冢边香蕊，兰雪泉中明月，绝似女儿心。窸窣竹风动，恍是作孤吟。　人何聪，词何美，爱何深。俱融烟雨，弥漫千载尚涔涔。峰借清奇做格，溪取空灵为调，余韵郁成荫。时被鸟吟唱，林下越清音。

纪常梅 内蒙古

五律·张玉娘（中华新韵）

四大女词人，冰清出一贞。
凝才兰雪卷，寄望雁门军。
竹马死生伴，阳台朝暮云。
情融鹦鹉冢，义铸若琼魂。

季成飞 浙江

咏张玉娘

谁抱坚贞堪断肠，竟招鹦鹉葬其旁。
凄凄五载玉冰约[①]，皎皎千秋兰雪章。
名共李朱传海内，情同梁祝在松阳。
满城红叶山风里，依旧溪清花草香。

[注释]

① 玉冰约，指张为沈守节事。其《山之高》诗云："汝心金石坚，我操冰雪洁。"

贾来天 山东

沁园春·游松阳传统村落怀玉娘《兰雪集》诗情

松古遗芳，独领沧桑，一脉永承。望山藏炊雾，寨村星点；溪流稻菽，阡陌纵横。黛瓦黄墙，绿荫翠鸟，山展娥眉水眨睛。原生态，想桃花源里，牛吼犁耕？　　词人冰雪聪明，与漱玉同肩兰雪情。赞若琼清照，女豪千古；瓯江山水，诗韵长馨。留住乡愁，灌浇文脉，文化牵头游旅兴。山河俏，看人文涵蕴，逐梦飞鹰！

江体学 江西

张　玉　娘

何生黛玉才，却谶燕飞哀。
古道送君去，皇京别梦来。
青灯问盟约，兰雪陨瑶台。
百载幽魂寂，素情谁可猜。

姜海 辽宁

咏张玉娘（平水韵七阳）

千古垂怜张玉娘，诗名冠绝出松阳。
才追班女绮罗句，情迫英台蝴蝶香。
著雨飞花残碎瓣，思人寄字碎柔肠。
尘间世事难如意，也把唏嘘送沈郎。

姜丽毅 湖北

张 玉 娘

不负青春不负郎，誓如梁祝爱情长。
将身化作天仙配，一曲贞歌兰雪香。

姜美玲 山东

蝶恋花·张玉娘

万事人间情最苦。鸳梦难成，尘网重重阻。两小无猜生死许。千年相拥松阳墓。　　西郭断肠凭吊处。萧飒秋风，血滴红枫树。斜照迟疑犹不语。枝头叶落怜鹦鹉。

蒋娓 四川

虞美人·吊张玉娘

松阳山下双娥恸，此恨谁人懂。坟头鹦鹉哭千年，底事沈郎一去，不回还。　　徘徊合窆风呜咽，应是吟兰雪。夜来孤月最知心，一任清辉皎皎，照枫林。

蒋欣 浙江

张玉娘鹦鹉冢·追思怀古

心无万物九天外，魂有一梦此山游。
月洒清辉莹旧冢，情丝难断绕新楼。
独酌几盏石仓酒，对饮千盅可解忧？
翠竹青衣舒长袖，斜阳回望故人愁。

金丽红 浙江

秋访张玉娘诗馆

孤井凄凄鹦鹉旁，鸳鸯棒打泣离殇。
风流自古伤余恨，兰雪留香日月长。

金丽红 浙江

谒鹦鹉冢感怀

鹦鹉碑前悲泪长，满园秋色话凄凉。
一帘兰雪芳千古，刻骨相思史册扬。

金幼萼 浙江

清水芙蓉咏张玉娘(平水韵·排律)

松阳风景艳，历载隐新奇。
滚滚绿茶润，层层薄饼滋。
沈佺妙丰骨，玉女巧清姿。
为结断肠爱，频添满腹思。
赶程中蕊榜，归路拂轩旗。
不幸瘦躯殒，可怜残梦悲。
贞心甘守素，劲节苦寻诗。
郁郁芙蓉谢，茫茫鸿雁离。
遐情惊世代，双鬓冷多时。
点点星光聚，盈盈烛影垂。
鸣琴流岁月，落笔涌文词。
《兰雪集》经典，书香后裔随。

柯彩霞 广东

水调歌头·题张玉娘

纵有生花笔，何以赋相思？天教分别难偶，无据枉凝眉。雁过霜天几许，月满亭台无数，孤影对清辉。怯子归来日，风物已成非。　　参商易，山棱合，渺难期。尘蒙弦瑟，情愫千载早相违。情寄诗书一卷，人去桑田百变。往事已依稀。闲暇翻兰雪，犹见那时悲。

赖成 江西

高阳台·张玉娘

梦笔难书，千秋韵事，人间凄美纯情。紫陌松阳，佳人琴瑟和鸣。虚堂淑气江南梦，任芳心、花月扶倾。愿同卿、许晋秦缘，结百年盟。　　痴情惨被阴阳负，恨苍天无眼，俗世狰狞。愚自扪心，来从玉洁冰清。死生不过传杯土，纵诀离、一诺终生。驾云旌、永绝离愁，聚与亡灵。

郎豪刚 甘肃

吊　玉　娘

松陵积翠访深幽，云影轻重碧水休。
百载清闺存烈意，一朝兰雪落扬州。
梦随才子寮山对，香碎佳人鹦鹉丘。
自是尘间伤别恨，青衫不见总离愁。

雷云鹏 甘肃

吊张玉娘(中华新韵)

造化如何总弄人,相思梦里不成真。
望穿秋水胭脂冷,占断灯花心事沉。
几度春风摧嫩色,一夕暮雨闭柴门。
个中滋味谁能识,《兰雪集》中见泪痕。

李丹 浙江

读张玉娘《兰雪集》

宋代闺词四大家,玉娘兰雪足堪夸。
柔情婉丽相思织,痴梦缠绵别恨加。
听雨望云鸣鼓角,挑灯举目响胡笳。
多才韵涌风流烈,卷卷清新似锦霞。

李丹 浙江

南宋张玉娘诗文馆抒怀

白石镌词嵌馆墙,江南秘境漾春光。
山高月小凝眸久,道远忧多坐夜长。
情海无边藏蝶梦,相思有泪忆萧郎。
玉娘遗韵千秋颂,兰雪缠绵翰墨香。

李冠群 河南

咏 张 玉 娘

长怜才识集兰雪,独抱灵均叹玉娘。

鹦鹉冢前留大义，丹枫林下种柔肠。
缵承宋韵千年味，善播忠贞万里芳。
情到浓时珠泪断，堪追梁祝发清商。

李国华 浙江

读张玉娘《从军行》诗有感

余韵声声翰墨场，黄沙无际已荒凉。
琵琶曲奏千家雨，鼓角诗成一剑霜。
凭吊忠魂归故国，悲歌浩气别高阳。
纷纷落叶还乡远，不尽相思盼玉郎。

李红艳 河南

卜算子·咏张玉娘

蕙质美如兰，清绝贞如雪。问那冰轮皎皎明，何故终成玦。　千载水流东，万古相思结。愿得翩翩碧草间，也化双飞蝶。

李慧艳 河北

咏 张 玉 娘

写尽相思一世情，红笺欲寄恨无凭。
窗前万点伤心泪，滴灭松阳夜夜灯。

李建春 北京

浣溪沙·叹宋代著名女词人张玉娘

一片痴情梦里云，驾车梦断泣沈君，玉颜枕上复香痕。　红豆终成蝴蝶命，青梅已著杜鹃魂，冢堂相守易黄昏。

李建东 江苏

兰 雪 颂

一枝兰雪遍松阳，花骨诗心诵玉娘。
把古英雄揾情泪，抚今痴女笑潘郎。
意分冷月画屏嫩，志亮残星书页黄。
越士千年仙客梦，神怡展卷口生香。

李孟光 广东

念奴娇·缅怀张玉娘(苏轼体)

万千世事，独相思寸断，柔肠悲切。双燕离时春暮尽，塞上曲弹寒月。无愧苍天，德馨贞守，如玉冰清洁。宋词四女，才迷多少豪杰！　　眷侣终是难成，惟《兰雪集》，世代相争阅。鹦鹉闺娥哀故冢，羡主心坚忠烈。梦系情牵，凯歌乐府，民族精魂热。与班昭并，此情千古谁越？

李青松 湖南

张 九 娘

未探鹦鹉冢，兰雪识心酸。
申义诸般拙，怜亲一刻难。
君家无薄幸，客路有惊湍。
太息青灯寂，坚贞止梦阑。

李如意 浙江

七律·寄张玉娘(词林正韵)

明月深宵过女墙,移梅到院共书香。
三分清影倾名士,一阙新词寄玉娘。
未比翼时云作对,犹知音处蝶成双。
春风今夜翻兰雪,又见相思着淡妆。

李天生 江西

桂枝香·松阳怀古

松阳极目。恰初夏暮春,山河英淑。丽水瓯江似练,远山如浴。归帆孤影东离去,背西风、翠岭遥矗。水村云巷,江南秘境,墨梅青竹。　　念往昔、庭中戏逐。叹两小无猜,情素生续。千古情比梁祝,玉娘痴縠。文章博雅追班昭,妙词《兰雪集》惊俗。后人难越,至今传唱念思神曲。

李伟春 浙江

步韵赠张大家

世宦积书遗艺迟,文林艳质一分枝。
瑶琴高调音长在,莲剑寒锋气不移。
恨别拈针惊画角,感时融墨洗胭脂。
兰闺却羡双飞燕,酒债频频独寄诗。

李伟春 浙江

烛影摇红·张玉娘

步态轻盈，幽兰白雪流年远。帘波微动女儿心，斜倚窗前叹。寂寞闺房锁怨，梦游时，星疏月懒。鹦啼婉转，鬟乱残妆，眉凝色淡。　烛影摇红，整天独自看花散。泪痕寒染翠绡裳，双婢婉言暖。庭院深深顾盼，怨容光，春宵苦短。沈张离合，千古悲欢，断肠鸿雁。

李伟亮 河北

水调歌头·访松阳县鹦鹉冢

落叶埋幽径，野草盖孤坟。翠翎鹦鹉何幸，长伴冢中人。至性纯如冰雪，词笔才追漱玉，烨烨更谁论。一绾相思结，一世不离分。　鸿雁书，菊花酒，沈郎魂。此生惟愿同穴，痴绝女儿身。承继松阳典范，仁孝心怀家国，千载播忠贞。商略清时雨，回首又黄昏。

李英 安徽

咏张玉娘

江南秘境出婵娟，质若幽兰雪里妍。
才誉松阳文织彩，情盈丽水意生莲。
雅怀常得风云趣，妙思时成春夏篇。
痴向沈郎调锦瑟，香消一梦古今怜。

李英俊 辽宁

蝶恋花·咏张玉娘

沉寂长河多少载，小月重光，宛似君风采。身世教人鹦鹉拜，若琼痴守清凉界。　　乐府四章慷亦慨，兰雪贞心，不得如何爱。辜负春风休觉怪，沈郎去后无期待。

李英 新疆

金缕曲·挽玉娘

七百年情愫，问琼儿，山河盟誓，可如初许。兰雪翻开灯前读，愧煞几多愁女。天何妒，素弦凝语。底事孤魂催太苦，况余阴、无数朝朝暮。空误却，断肠句。　　拈成残阕惊孤旅。算班昭、易安幽栖[1]，应输斯举。谁信红妆柔荑手，竟是诗豪侠侣。更怜得、双娥鹦鹉。枫树秋霜清冷地，怅世间、难把伊留住。虽一现，亦千古。

[注释]

① 易安、幽栖分别为李清照、朱淑真号。

李勇军 四川

临江仙·题张玉娘

遮面纤纤十指，低头剪剪双眸。睹书一笑便娇羞。玉环鹦鹉冢，关盼燕儿楼。　　花事凭添寂寞，韶光负了温柔。秋风原上几人愁？巫峰云雨散，湘竹泪痕收。

李元庭 浙江

咏张玉娘

深秋古道草枯黄，一别云山万里长。
心底情伤心滴血，梦中车接梦啼妆。
四时夜寂吟兰雪，百岁盟空剩玉娘。
若问伊人何处去，看鹦鹉冢共炎凉。

李跃贤 黑龙江

鹧鸪天·张玉娘

惠质冰魂美玉娘，词风浩荡誉松阳。
千秋神韵融兰雪，一片芳心许沈郎。
传锦字，赠香囊。庭深花瘦愿难偿。
雁书化作相思雨，洒落红尘几断肠？

李兆海 河南

鹦鹉冢遗址感赋

远旅松阳谒玉娘，残碑落寞总堪伤。
岁深谁解贞文记，风软时闻锦绣肠。
一寸素心终入咏，三清高谊尚流芳。
莫非地古娇魂在，兰雪泉边草不黄。

梁成剑 广东

过张玉娘诗文馆

佳偶难成泪几多，三千愁绪写清歌。
易安肌理稼轩骨，恰似春池一绿荷。

梁雀屏 广东

鹧鸪天·张玉娘

才气何曾逊易安，更将雄调入毫端。素知谢女心谁属，一见萧郎意即欢。　皑似雪，洁犹兰，情贞终始稳如磐。双栖梦破追随去，荒冢萋萋枫叶丹。

梁小萍 浙江

读张若琼《兰雪集》

藻思传兰桂，香风霜雪微。
最愁春独宿，时望蝶双飞。
笔有边关色，心含屈宋辉。
命途怜急迫，鹦鹉竟何依。

廖愉 广东

咏 张 玉 娘

小港松阴绣作诗，
彤云琼雪谱为词。
吾心自有幽兰意，
只向青山诉眷思。

廖振福 上海

读《兰雪集》吊张玉娘

诗如春雪冠闺门，翻使云笺记泪痕。
鹦鹉年年啼碧树，宵深何处觅芳魂。

林锦城 广东

临江仙・兰雪颂

赋彩淋漓山水画，锦屏列绣词林。钟英绝代若琼音。浙西兰雪赋，史上玉娘吟。　　濑玉澄怀清照影，真贞鼓瑟鸣琴。松阳遗韵到如今。青鸾昭晓镜,明明引晴襟。

林瑞贤 浙江

蝶恋花·词咏张玉娘

千步后庭逢雨霁。蜂蝶丛中,叶漏丝瓜蒂。几点玄珠风细细。相思架上裙腰系。　　一梦郎君文有斐。连理新枝,昨寄桃花纸。风送潮音言娓娓。真情化作瓯江水。

刘广超 山东

点绛唇·张玉娘

玉貌亭亭,当年待诏趋金马。凌云声价。千古谁知者。　　一代才人,此去何时也。伤心话。断肠词社。零落秋风下。

刘国臣 辽宁

瓯江诗路过松阳拜张玉娘

清风古道正流芳,仰节躬贞拜玉娘。
义厚攒成鹦鹉冢,才高登破易安堂。
倾心墨重泼兰雪,许国身轻落剑霜。
一寸衷魂招后勇,几多高韵共诗航。

刘会坚 湖北

题 张 玉 娘

松阳俊秀两丰姿,指腹联姻互不欺。

十里长亭同愿望，一条季诺表真机。
贤郎挂榜风云变，才女伤闺涕泪垂。
鹦鹉坟中兰雪韵，芳魂永世泛涟漪。

刘锐 湖北

点绛唇·松阳忆玉娘

斜倚兰舟，屏山诸处无识路。沈郎音杳，漏尽无人诉。　　淫雨空庐，常憾清癯苦。争询取，望极遥渡，拟把冰月贮。

刘水清 湖南

七绝·题《兰雪集》

痴情故事动瓯江，千载人犹惜玉娘。
好与易安分一席，兰香雪韵满松阳。

刘卫东 山东

念奴娇·张玉娘（苏轼体）

若琼颜色，本贞洁、谁用班昭比做。漱玉文余，堪冠绝、兰雪芬芳散播。照水形容，凌云气质，不被尘埃锁。韶华纯粹，却偏经历多磨。　　何故牵手些微，数来时二七，虽言无过。守候初衷，归去也、相会枫林犹可。梦续春秋，鹦哥倚在右，两娥为左。三清生动，幸蓬瀛处安卧。

刘喜成 上海

念奴娇·读《兰雪集》寄怀

松阳仙境，蕴诗秀、丽水流歌春绿。宋代风骚，诗赋美，兰雪堪留喜读。妙笔鸿章，百家瞩目，留恋三更烛。真情无悔，爱如高拔青竹。　　吟罢南苑梧桐，心河奔泻下，神思如瀑。可惜哀声、成独坐，擎酒消愁千斛。莫叹悲年，当听燕起舞，志追黄鹄。玉娘谁忆？现今词若珍玉。

刘献琛　山东

七律·咏张玉娘

人文鼎盛看松阳，巾帼须眉数玉娘。
千古风华《兰雪集》，三生情结紫香囊。
凯歌乐府山川气，春思词场日月光。
素魄冰魂鹦鹉伴，摩云标格冠群芳。

刘雪莲　浙江

南乡子·读《兰雪集》怀古咏今话松阳

（冯延巳体）

雪暗噤寒鸦，张氏朱樘覆白麻。鸳偶却将云液饮，天涯。同跨红鸾剪紫霞。　　芳野绿新茶，鹭伴松阴浣碧沙。岭秀巷深烟火旺，韶华。古邑千秋赋丽葩。

刘雪莲　浙江

清平乐·张玉娘诗文馆寄怀

山高月小，新馆遗音绕。瘦墨纤纤香袅袅，细诉相思多少。　　相思何物谁知？莫敢轻折柳枝。唯有若琼可解，汝坚我洁痴痴。

刘杨阳 江苏

贺新郎·张玉娘

生小闺名绝，解香囊、扫眉才子，青梅相悦。酬与玲珑双红豆，咳唾一编兰雪。未却扇，便生离别。不怪风灯郎薄幸，恨望夫、难补情天缺。浇鹊脑，泣鸳血。　　销魂又到烧灯节。镜中人、恹恹春病，花黄慵贴。灯下姗姗迎郎驾，醒后空帘凄切。发一恸，香魂消歇。侍女陪丘鹦鹉殉，冷无言、独守松阳月。春日里，化蝴蝶。

刘雨菲 河北

瑜　瑛　怜

缥黛隐清欢，无猜许霓冠。
万籁叩灵府，何须问若磐？

龙佳君 湖南

生查子·有感于松阳鹦鹉冢

浙南张玉娘，南宋之才女，誓为沈佺生，不作他人妇。
情堪梁祝悲，情似潇湘苦。试问古今人，谁个如鹦鹉？

龙健 贵州

题 鹦 鹉 冢

冢飞兰雪色苍苍，来吊名姝泪几行。
鹦鹉愁听仙籁绝，鸳鸯语唤梦魂长。
才高代咏风人体，节烈时讴贞女章。
一世千思和万绪，尽将装入紫香囊。

楼晓峰 浙江

七绝·宋代四大女词人张玉娘五题

秉性其清

仕宦家风培玉质，书香土壤养兰心。
闲来信手调琴瑟，兴致文骚独漫吟。

才华其毓

九畹深皋传鹤鸣，九重玉宇耸飞甍。
斯文两宋论巾帼，屈指风流臻四名。

家国其慨

譬若铜钲塞上鸣，烽烟倥偬发金声。
雄风劲笔灵均操，铁马关山家国情。

痴情其笃

苍茫暮色仰山高，皎皎甘为山月小。
试问人间何物重，铮铮惟有情难矫。

韶华其猝

光阴迢递不徘徊，德艺双馨居凤台。
二十七番元气散，人间叹惋陨星才。

卢好逸 福建

读女词人张玉娘传记有感

月照纱窗美梦迟，夜探闺房浅读诗。

愿离菩提明镜远，其中深意不需知。
且羞灵犀定情意，且愁夫婿觅封侯。
且苦日月长相思，且恨生死双燕离。

鲁凤梧 黑龙江

江城子·张玉娘

青山丽水蕴红妆，玉姑娘，擅文章。词冠群伦，睿智不寻常。神韵汇成《兰雪集》，才贯斗，誉松阳。　　冰魂月貌爱仙郎，送香囊，话情长。独抱纫兰，碎影叹离殇。化作飞鸿双比翼，心永固，曲凄凉。

吕聪颖 上海

念奴娇·咏张玉娘(中华新韵)

瓯江逝水，漫漫东流去，隐没边际。徂岁桃源今野秽，不见畴昔新绿。寻探松阳，明珠遗落，耿耿烟尘里。史书千卷，若琼浓墨一笔。　　自是绝代风华，诗词玉藻，秀发而卓立。白雪幽兰贞烈女，誓作阳台云翳。更有豪情，激昂慷慨，忠勇忧国计。古今才俊，玉娘绝世节气。

罗金华 湖北

读《兰雪集》感作

玉人风韵冠群芳，道是词林有擅场。
白雪未容轻易集，黄钟应许自然扬。
才丰运蹇怜苏李，意切情深追祝梁。
珍重兰花好颜色，天涯明月共清光。

罗永珩 福建

玉楼春·宿松阳田园风情度假区用张玉娘原韵

青山四合云深处。烟润风微疑细雨。翠流岩壑碧凝溪，庭外花开香在户。　　茶园围圃千千缕。野径枝横衣上絮。每疑身在画中行，半岭偶然传鸟语。

马弘 四川

怀南宋女词人张玉娘

一阕人间梦未休，诗吟兰雪故山秋。
牵情最是伤离别，水墨烟溪断不流。

马瑞新 山东

张　玉　娘

词笔凝愁对月残，何堪秋水隔双鸾。
兰心一片寒成雪，鸳诺三生坚若磐。
鹦鹉冢前怜草碧，杜鹃声里落花丹。
情痴信可俦梁祝，犹化瓯江千古澜。

马熙格 辽宁

读《兰雪集》有感（七律　通韵）

雪质兰心琼若仙，金石无改此生缘。
山高道远思君伴，梦度孤身独倚阑。
唯念长驱空朔漠，揵驰不至未曾眠。

霜湿塞雁三秋泪，风抚香魂碧水边。

毛德慧 江苏

鹧鸪天·张玉娘

一代传奇千古名，著成兰雪寄平生。
才高尚得诗长在，缘浅何堪梦未成。
鹦鹉冢，玉娘情，空教弦断与谁听。
关山明月凄凉意，愁损香消冰雪清。

毛瑞花 河南

金缕曲·一代才女张玉娘

笔底听兰雪。道平生、半窗风雨，一身孤洁。贞字书成尤含泪，难敌相思如铁。凭慧质、与诗成说。塞上曲中豪气见，与班昭、皆是文中杰。女子梦，何能缺。　　若琼心比千年月。把冰魂、题成尺素，化成双蝶。看取无边春风意，谁想偏成永绝。万般恨、凝成清血。为赴当初青梅约，弃繁华、要共郎同穴。枕宋雨，数枫叶。

毛星兰 浙江

奇女张玉娘

檀郎谢女并争妍，却似英台蝶舞翩。
犹忆青梅推盏和，可堪月夜赠诗牵。
半生皓素襟怀广，一世情伤词赋怜。
兰雪遗珠传万代，后人读颂意涟涟。

梅早弟 湖北

古风·过松阳谒鹦鹉冢拟古一阕祭之引

为访真爱劳杖履，我来细谛松溪水。
水声恰似玉琴声，按抑幽幽迷所指。
凝情顾睇鹦鹉冢，万千感叹心头起。
玉女清词耳畔徊，风神清俊脱尘轨。
窈窕倩丽美人胚，弱腕纤腰冠西子。
人表高于朱淑真，秀句堪媲易安美。
翼翼孝思奉晨昏，每把辛勤事甘旨。
无猜自合沈表兄，同心同气更同齿。
相怜相惜数春秋，竹马青梅当连理。
怎堪沈门家道衰，门户不当良缘毁。
恼是慈严不解情，欲拆鸳鸯棒犹匕。
痴情暖得落魄心，励志堪雪书生耻。
良驹一跃跻榜眼，亹亹文华偿所喜。
恨也苍天妒英才，悲哉人间殇国士。
可叹红颜命何辜，鸳梦未圆郎先死。
彩鸾青镜从此分，柏舟冰蘖坚自矢。
几番残梦迎郎归，醒来悲思痛彻髓。
经年郁郁续诔辞，泪血斑斑浸素纸。
可怜弱质久茹荼，致教人琴竟已矣，
生同白璧未留瑕，节媲共姜诚堪姒。
烈女贞妇德才备，千古红颜能有几。
嗟矣殉主两青衣，冰魂素魄娥霜紫。
更叹操节惹追陪，鹦鹉报之死生以。
我来祭拜先垂首，哀辞应佐岁时祀。
字字句句皆心曲，明德扬芳追诗史。

祭曰：

呜呼张玉娘，女中之杰魁。
诗吟生锦萃，笔落亦花开。
秦汉真风韵，班宋继体裁。
清谈自风生，精锐若走雷。
论卿之才识，当不逊盐梅。
天不与君名，天命难测哉！
呜呼张玉娘，汝复究可哀。
奉亲益敬老，孝笃抱橘怀。
救人之危难，悯人之祸灾。
诚善待奴婢，扶义对草莱。
论卿之美德，德性无不该。
天不与君寿，天理难测哉！
呜呼张玉娘，滋我几徘徊。
黛眉绚凤目，云鬓晕桃腮。
楚楚矜风韵，袅袅妙身材。
信是闺中彦，端为仙籍来。
论卿之貌美，当以姬姜侪。
天不与君愿，天数难测哉！
呜呼张玉娘，无过更无猜。
天数虽难测，天理应可推。
百年恨失名，芳名不今悔。
佳人虽无寿，美誉不今摧。
有情怜失眷，情眷不今颓。
报施天下人，守义有昭回。

孟庆千 山东

七律·松阳赞步韵张玉娘诗[1]

松阳千载继唐风，诗韵瓯江一脉通。
触目河山皆水墨，应时人物各玲珑。
花光灼烁疑仙境[2]，茶色[3]氤氲绕凤桐。
更有忠贞奇女子，孤怀如月映长空。

［注释］

① 致敬张玉娘诗作《咏竹·风》："满庭修竹动秋风，掠地无痕一径通。影弄绿窗金琐碎，声归宝瑟玉玲珑。流云不碍湘妃佩，隔水还疑蔡女桐。曲罢岂知鸾鹤在，翠霞飞去玉台空。"

② 仙境，指松阳箬寮原始林景区，景区以花艳、树奇、山险、岩怪、潭幽、泉清、飞瀑、云海、佛光著称，尤其延绵数千亩有"十里花海"美誉的猴头杜鹃叠锦，实属国内罕见，堪称"天下奇观"。

③ 茶色，指松阳大木山骑行茶园，是中国最大的骑行茶园，是集茶园观光、茶文化体验和运动休闲为一体的旅游景区。

缪宇豪 浙江

忆 若 琼

饮下别离相系意，愁思难托诉山高。
锦书遥寄花凋去，星陨情殇苦梦熬。

倪贤秀 浙江

临江仙（《兰雪集》咏怀）

寻冢玉娘君若问，别来湮没音容。凭栏纵有旧时风。轩窗灯影尽，帘外月如空。　　爱恋凄凄鹦鹉故，人间天上无穷。重逢泪落梦魂中。漫言兰雪意，谈笑女儿红。

聂福东 湖南

念奴娇·张玉娘(陈亮格)

松阳骄傲，论文采、巾帼几人能及。留下明珠辉北斗，墨客梦中追忆。素质娇花，寒辉羞月，手握如椽笔。锦章挥就，行间含蕴奇迹。　　哀叹不幸婚姻，二娥鹦鹉，随主人同卒。上世传奇惊过客，此景此情衔泣。爱国襟怀，殉情气节，何止词家识？天仙才女，而今诗国寻觅。

潘爱华 浙江

鹧鸪天·张玉娘

新楼素影艳阳红。古琴鸾奏响晨钟。井边凭吊说遗事，诗里追怀想玉容。　　悲惜别，苦相逢，传留佳话问谁同。而今明月银辉照，星璨松阴瞻郁葱。

潘素新 浙江

满庭芳·咏玉娘

弱柳摇风，娇花滴露，清池荷吐芬芳。玉娘才女，倩影映书房。自幼天生丽质，绝聪慧、词赋文章。才华溢，比肩清照，兰雪永流芳。　　霜天雷霹雳，沈君长别，魂系佺郎①。泪湿枕，帐中独诉衷肠。孤守青灯梦断，为情殒、鹦鹉悲殇。忠贞爱、撼天动地，荒冢②祭娇娘。

［注释］

① 佺郎，指张玉娘的未婚夫沈佺。

② 荒冢，即鹦鹉冢，张玉娘与鹦鹉的合葬墓。

彭观良 湖南

风入松·读张玉娘诗词感吟

纫兰澡雪写清词，魂梦为君痴。灵犀一点芳心许，忍成灰、多少相思！明月一轮谁共？落花遍地莺啼。　　缘何才命两相违？掩卷总嘘唏。贞魂骤返灵河岸，问苍天、重降何期？窗外时飘恨雨，闺中长发芳枝。

彭满英 浙江

咏张玉娘

江南秘境贞情女，松邑幽兰烛影深。
月小山高成绝唱，玉肌冰骨耀星辰。

彭旭 贵州

忆秦娥

佳思涌，遗篇读罢心沉重。心沉重，吐血为丝，织成蚕蛹。　　人间何必生情种，又营兰井枫林冢。枫林冢，千秋过去，悲者相踵。

彭哲 河北

金缕曲·读《兰雪集》感张玉娘旧事

晚趁凄风咽。怅双鸳、未成连理，已教先别。何限芳华庭深处，情苦从今时节。知几度、窗前曾说。便把温柔笺小字，又分明、销尽檐边铁。心不忍，千年热。　　生涯一绽香无绝。是肝肠、悲伤九曲，为郎寸裂。相看真成人间事，恍似传言化蝶。有旧恨、春鹦啼歇。倩影飞来琼轩上，想吟魂、犹在幽兰雪。尽万绪，壶冰澈。

钱明龙 浙江

哀　玉　娘

梁祝虚虚已泪涟，松阳张沈更堪怜。
春来暑往相思苦，斗转星移筑梦寒。
走尽天涯逢堑谷，望穿秋水谢花颜。
此情仰止高山敬，兰雪遗篇万古年。

钱小林 浙江

瞻仰张玉娘纪念馆

一馆逢时正盛开，天方吟客慕名来。
兰心蕙质文堪赞，雪魄芳魂情可哀。
大作犹同清照谱，高行无逊惠班[①]才。
玉娘懿德千秋灿，无数诗碑立桂台[②]。

［注释］

① 惠班，东汉著名史学家班昭，字惠班，善赋颂，是中国第一位修撰正史的女史学家。

② 桂台，汉代未央宫台名，汉武帝用以祈仙，这里借指高台。

秦雪梅 四川

浪淘沙令·读《兰雪集》怀张玉娘

读罢玉娘诗，心泛涟漪。春光开满小花枝。隐隐清香飘宋阙，字字珠玑。　　肠断病依依，有药难医。可怜无日不相思。愿与沈郎天上会，永不分离。

丘尾菊 广东

鹧鸪天·鹦鹉冢吊张玉娘并游松阳

枫叶红时吊玉娘。碑前无语酹三觞。才名身世传千载，苦恨痴情梦一场。　　登山寺，望瓯江。久嗟仙境在松阳。历来此地人文盛，更是茶乡亦水乡。

邱道美 广东

七律·谒鹦鹉冢

一春惆怅客来迟，梦晓江南雨若丝。
碧树含烟迷古冢，朱幡照影拥贞祠。
情因笃挚无曾老，节自孤高不可移。
百代犹传《兰雪集》，松阳旧事更谁知。

邱胜峰 江西

七绝·过松阳谒鹦鹉冢

荒茔三拜泪痕多，鹦鹉毗邻又若何？
莫道女儿无大志，一篇兰雪亦高歌。

邱晓林 广东

夏夜读张玉娘《兰雪集》

感时溅泪女儿情，俯拾珠玑识若琼。
《兰雪集》辉流霁月，优昙花绝泣三清。

屈杰 湖南

贺新郎·读《兰雪集》兼感其事

瓯水萦清碧，更西屏、含章挺秀，物华人媚。吐风清才云外降，蕙帐萦回淑气。渐绽放、缤纷灵蕊。澡雪佩兰衣蕙茝，更含珠吐玉存高致。飞翰藻，振云袂。　　沈郎只合芳心寄。叹飞鸿、高天远举，忽然飘逝！露电浮生惊霎那，忍洒盈盈粉泪。闻纸上、秋心迢递。倏忽贞魂长缥缈，仰灵旗千载飘天际。尘梦冷，雪花坠。

屈怡君 江苏

蝶恋花·读《兰雪集》兼怀其人

犹似幽兰犹似雪，吐凤清霄，款款芳菲发。连理花开惊艳绝，情丝绾作同心结。　　却恨浮生如电抹，云散花飞，转眼成消歇。最是贞魂难泯灭，霜鸿渺渺凌天阙。

任改云 广东

临江仙·张玉娘

新月窗前千叠影，相逢岂是无缘。几时邀约过寮山。白云相戏逐，流水试轻弹。　　家国心头儿女怨，中宵犹上眉端。人间此去盼团圆。同栖鹦鹉冢，来日尽余欢。

任家潮 安徽

鹧鸪天·过松江怀张玉娘

生态城乡碧染天，江南秘境胜桃源。

人文毓秀融诗画，山水钟灵出圣贤。
吟兰雪，赏芳笺。玉娘故事久流传。
女词才学千秋仰，好写松阳逐梦篇。

戎金朴 江苏

讴歌浙江松阳才女张玉娘

浊世佳人张玉娘，坚贞爱国籍松阳。
江南闺秀品行正，贵族名媛智慧强。
绿水青山风浩荡，金瓯银汉曲悠扬。
桃花源地诗情美，秘境田园育栋梁。

申昊宸 湖南

读张玉娘爱国诗

闺中自有济时心，风雨弥怀洛下吟。
恨不长驱扶日月，聊将独写映高岑。
断肠岂特巫峰渺，游目原须陇树深。
今使松阴溪畔老，纫兰听雪洒然斟。

申卫平 河北

观《兰雪集》《贞文记》题张玉娘（中华新韵）

香兰素雪任凭夸，遗恨贞文未有涯。
直教追思鹦鹉冢，松阳怀古到君家。

沈宇 上海

吊张玉娘

辨琴咏絮事茫茫，幸有遗篇兰雪章。
青眼曾经窥宋玉，红颜终是殉佺郎。
香魂早逐秋风散，芳冢空余夜月凉。
惆怅双鸾同命鸟，他生可许觅鸳鸯？

生吉俐 北京

题张玉娘

今古文章著未休，风骚谁敢领千秋。
佳人笔健因愁甚，玉盏香浓对月流。
四女才情噪南宋，一枝兰雪甲东瓯。
从来不朽无经意，偏得海涯蹊径幽。

石磊 北京

松阳怀张玉娘

松阳故里寻幽径，曾是凌波才女来。
月下多情应畅望，花间无语自徘徊。
玉毫墨尽春终远，金屋香留梦几回。
欲问千年犹有恨？满庭芳草绿成堆。

石立志 浙江

诉衷情令·伤张玉娘（晏殊体，词林正韵）

有缘无分恨天辽，在世两迢迢。青梅竹马遗痛，才貌已飘摇。　　情未止，魄先消，泪空抛。千秋长叹，玉洁冰清，香陨花凋。

石雨青　江苏

读《兰雪集》

前身合是九重仙，一入红尘若许年。
澡雪词章传彩笔，纫兰精魄到胡天。
沈郎锦字终沉鲤，霜紫啼痕欲化鹃。
儿女情怀肠断处，从来岂止柳梅[1]边。

［注释］

① 柳梅，汤显祖的《牡丹亭》第二十六出“玩真”里有“不在梅边在柳边”句，用杜柳之典感怀张沈情事，“情”字教人生死相许。

司美霞　辽宁

读张玉娘《兰雪集》感赋

心伤透骨奈天何，一段尘缘苦几多。
藏梦高唐难得寄，蕴情笔墨倍消磨。
良宵已在云间失，明月空来鬓上呵。
不耐冰弦弹玉碎，愿随蝴蝶共烟萝。

松庐　浙江

三姝媚·夜读张玉娘《兰雪集》用史梅溪韵

岚光浮黛瓦，望岭烟遥生，松声轻洒。倦客天涯，趁寒花扰在，欲归岩下。长日闭门，瘦吟苦，赋追司马。兰雪怜香，孤月流光，莫轻裙衩。　　已惯空山独夜，奈竹雨萧骚，几时方罢。老去休嫌，纵樵风千里，白云无价。涧远春迟，谁管得，梅开梅谢。但展涛笺三尺，尊前漫写。

宋爱军 山东

鹧鸪天·咏张玉娘（中华新韵）

咏絮才情兰雪馨，桃源秘境育佳人。
心关榆塞词豪俊，思系伀郎梦碎频。
寻古邑，谒秋林。流丹枫蕴扫眉魂。
碑残犹浸三清泪，千载悲歌遏碧云。

宋贞汉 安徽

临江仙·张玉娘

贫贱焉移情一，风霜岂撼心贞。天工何事不公平。莫云梁祝幻，鹦鹉冢青青。　　伤已兰香气韵，怜邦雪洁音声。促龄无碍四家名。山之高拔地，杰者灿如星。

宋志国 吉林

临江仙·读《兰雪集》颂张玉娘

词艺犹如清照，才情堪比班昭。爱之凄美动江潮。人生虽短暂，兰雪誉崇高。　　忧国忧民怅恨，多愁善感煎熬。情丝贞孝化诗涛。松阳鹦鹉冢，千古立名豪。

苏俊 广东

金缕曲·过松阳鹦鹉墓遗址

闹市车潮逐[1]。记枫林[2]、那年红透,瘗香埋玉。倖得三清[3]长作伴,解慰吟魂幽独。任几度、尘翻海覆。蝴蝶双飞莲并蒂,甚人间、望损登楼目。啼鸟似,唤梁祝。　　井留兰雪泉堪掬[4]。酌新声、佳词若茗,尽湔凡俗。李婉朱柔[5]君更洁,乐府芳菲相续。愿后世、皆成眷属。信道有情天不老,劝垂杨、漫把蛾眉蹙。春恰好,满城绿。

[注释]

① 闹市车潮逐,指张玉娘墓遗址现居闹市繁华处。

② 枫林,指张玉娘下葬处原名枫林地。

③ 三清,指张玉娥侍婢霜娥、紫娥及所养鹦鹉,三者皆殉主以殁。

④ 井留兰雪泉堪掬,指此处有兰雪井,以张玉娘诗词集得名也。

⑤ 李婉朱柔,指李清照、朱淑真,与张玉娘齐名。

孙洪伟 辽宁

金缕曲·为张玉娘赋

帐底流清血。对秋风、孤灯明灭,半窗残月。何处寻吾乘龙婿,紫陌沈郎忽没。痴心赋,相思千叠。欲伴三生君左右,抱贞操、矢志如兰雪。生未偶,死同穴。　　拟将世俗都抛彻。赴前约,绣帘深锁,枫林长歇。才子佳人终团聚,泪洒西郊红叶。不忍忆,此情凄切。故事犹堪追梁祝,叹人间、复又飞双蝶。鹦鹉冢,爱之阙。

孙婕妤 浙江

读《兰雪集》梦中遇张玉娘

彻夜松阳梦,徘徊见玉娘。

山高天外尽，月小镜中芳。
泪枕冰霜曲，诗寻儿女肠。
隔帘鹦鹉问，何事探红妆。

孙绍童 辽宁

七律·悼张玉娘

宋代班昭张玉娘，殉情义举恸玄苍。
暗流清血追梁祝，明示丹心赛孟姜。
翠袖染痕冰雪洁，朱颜得句麝兰香。
芳龄贞女绝餐殒，鹦鹉冢旁吾断肠。

孙云坤 山东

寄 玉 娘

少善画诗词，佳名比班昭。
托心途阻远，寄情《山之高》。
病断百年誓，心随落絮销。
祈郎卿再世，比翼醉夕朝。

唐丽丽 浙江

小重山·叹惋张玉娘

云约清风抚玉琴，月儿悬柳听、探幽音。心香一炷向天寻。情深切，纤指弄花针。　　长夜独清吟。诗留千古诵、叹唯今。紫娥鹦鹉伴枫林。兰雪井，曾照玉娘簪。

唐秀玲 吉林

鹧鸪天·读《兰雪集》赞张玉娘

明艳端庄气若兰，幽香一缕越千年。才华不老芳心寂，风采长留雅意绵。　　情宛在，韵悠然。冰清玉洁美婵娟。瓯江山水钟灵秀，词卷篇篇天下传。

唐永耿 广东

摸鱼儿·谒张玉娘墓

叹松阳、玉娘贞洁，真堪生死相许！世间多少痴情种，孰若张家才女。蝴蝶舞。梁祝事，空凭传说谁人睹。史书无语。怅万物通灵，此情可觅，只合雁丘去。　　枫林畔，红叶纷飞难数，一双情侣团聚。生时未寝终同穴，共沐千年风雨。君记否？且莫忘，来生休再为情苦。心香半缕。尊酒酹西风，夕阳斜照，鹦鹉断鸣处。

田丽静 河南

谒鹦鹉冢

事追梁祝待重温，先谒才人酒一樽。
闺阁三清鹦鹉冢，词宗千古雁丘魂。
枫林尚有残碑在，兰雪犹传遗集存。
红叶飘零飞蛱蝶，成双结对沐黄昏。

田庆友 辽宁

张玉娘(平水韵)

纤手描摹绝妙词，一腔爱恋写情思。

香囊聊赠佳人意，心海萦回才子诗。
今世良缘难再续，来生梁祝更相期。
死能同穴双鸾宿，鹦鹉冢中魂永依。

田素东 山东

浪淘沙·过瓯江怀张玉娘

何可比瓯江，才女明妆。含情凝睇碧山旁。袅袅婷婷还自盼，尽日徜徉。　　隔岸听高腔，雨后风凉。吹来《兰雪集》中香。谁对千秋东海月，长忆佺郎！

田育珍 上海

贺新郎·观《兰雪集》后题张玉娘

翠渺连烟岫。尽梨云、松荫溪染，轻飏眉柳。愁入纤花消寒骨，人自倚阑春昼。沸茗鼎、香缭金兽。夜月渐随青幂转，冷楼台、露脚沾疏袖。吟意倦，倾梅酒。　　清徽芳笔能招否。想玉娘、林下鹤远，已闲词手。涵雪裁冰风流句，蝴蝶一生消瘦。吹笛夜，碧宵回首。仿佛重逢钗裙色，但梦痕、已沁凉痕久。空见取，星如斗。

听风轩 广东

过鹦鹉冢有记

典出江南水墨乡，瓯风兰雪自松阳。
曾迷鹦鹉冢边草，误把蝶飞当玉娘。

童丹枫 浙江

过松阳鹨鹕冢有怀

月小山高梦不前，楼空鹤舞断离弦。
愁登原是冰霜洁，恨别终成金石坚。
塞上黄云悲鼓角，江南青冢废诗篇。
经秋簌簌香枫叶，兰雪泉边寄薛笺。

汪冬霖 山东

定风波·咏张玉娘

竹马青梅意自痴，才高八斗两相知。俗目如刀鸳偶散。悲叹。沈郎别后不描眉。　　忽隔阴阳飞梦尽。惊讯。兰房执手已无期。世上真情谁可断？皆盼。后人钟爱玉娘词。

汪宏虎 江苏

临江仙·读南宋张玉娘事有感

彩笔难书医国策，痴情愁遇分飞。徒留佳句诉心悲。读书开万卷，赢得泪空垂。　　巾帼自来多受阻，今于百业生辉。英才怎可陷深闺。请观当世女，多少胜须眉。

汪喜亮 湖南

水调歌头·读《兰雪集》恋情诗有咏

（毛滂体）

恍若云中鹤，凄婉送悲鸣。佳人佳句佳唱，谁读动谁情。江浪风高何惧，襟抱寸衷如石，泪雨化坚贞。鹦鹉枫林墓，长卧玉壶冰。　　死生恋，仙郎别，世留馨。玉娘霜洁，梁祝殉爱似流萤。今日沧桑晖焕，恋月怜风自主，是处有山盟。河汉金桥渡，九域朗欢声。

王晨郁 浙江

临江仙·张玉娘

月皎山高情寂寂，沈郎去后难逢。罗裳翠袖为谁容？小楼深院，泪眼认归鸿。　　偏有逸才惊俗世，凌云彩笔称雄。诗清词丽总成空，不如归去，尘梦太匆匆！

王刚 广东

念奴娇·梦佺郎

佺郎高中，正身前堂处，俊逸神佳。京试寮山开横堰，逑晋秦赧娇花。竹马青梅，金钗余插，愿筑树桐家。吉时良日，喜结连理无他。　　同君对饮东亭，鸳鸯琴戏，夫婿和胡笳。雷恶声惊穿枕泪，追忆遗梦流霞。谁又思谁？孰忧思孰？张慕沈谁夸？流芳千古，会稽可有仙驾？

王红建 河南

玉楼春·追和张玉娘《玉楼春·春暮》

（李煜体）

仙都秘境春归处。千载松阳梅子雨。竹禽飞瀑翠微鸣，花海奇观香入户。　　炊烟老树时光缕，黛瓦黄墙杨柳絮。桃溪鸡犬水云间，《兰雪集》情优雅语。

王怀宇 辽宁

八声甘州·宿松阳怀张玉娘

数群星璀璨自松阳，玉娘可称魁。诞书香门第，天资慧敏，秀领琼闺。更有心驰千里，肝胆满忧葵。慷慨昂扬气，竞胜须眉。　　怎奈才丰运蹇，又山河破碎，国势堪危。恨青梅早逝，尽日泪双垂。想佳人、忠贞如许，叹为何、天意总相违。今朝看，此情依旧，与月同辉。

王慧 浙江

读《兰雪集》

月小山高到笔端，归鸿声断碧云残。
长吟锦瑟丁香结，犹踏秋霜纫芷兰。

王建彪 广东

哀松阳张玉娘

长记松阳山月白，黄沙道上别青骢。
忽闻花外春风过，岂料江南旧梦空。
今夜谁怜鹦鹉泣，明朝犹见杜鹃红。
百年契阔于今断，暮雨朝云寂寞同。

王建强 河南

七律·春游松阳

烟凝吴越罩松阳，行踏春芜思玉娘。
宝镜争如兰雪韵，青莲自许汗衿长。

虹开灵斛隐鹦冢，雁带香囊泣沈郎。
寂寞深闺谁似汝，独怀弦月痛肝肠。

王军 浙江

八声甘州·一贞居士张玉娘

寄闺中端坐望神州，无奈救家园。只词间语诉，托思明月，以抚嚣喧。来世愿当男子，驾马济中原。还我河山耀，民好酣眠。　自古佳人难觅，遂玉娘此女，至始称传。泣花期命殒，天妒苦红颜。意难平、沈郎牵挂，落飞花、仲夏泪波澜。鹦哥冢、死生相伴，尘侣流连。

王骏 浙江

鹦 鹉 冢

兰雪井边鹦鹉冢[1]，游人洒泪已千年。
秋风叶落埋香处，吟断山高月小篇。

［注释］

① 松阳张玉娘诗文馆边有鹦鹉冢遗址，为宋代四大女词人之一张玉娘与闺房三清（两侍女及所养鹦鹉）之墓。

王力 内蒙古

咏 张 玉 娘

鹦鹉冢前兰雪飞，一贞旋映万霞辉。
新词未就情先切，妙笔初成气自巍。
册满丽思无限泪，境超闺阁数重帏。
沈佺若得天年赐，不负松阳之子归。

王勤 安徽

虞美人·读张玉娘《兰雪集》

松阳山水怜长别。只道情难绝。兰心雪质动吟魂。百转千回缘系未归人。　　山高月小何清皎，折就相思稿。云车风马几回还，故里妆成盛景任凭阑。

王庆绪 安徽

渔家傲·题张玉娘

自幼对书能读透，女红针外弄弦奏。人比班昭才已够。钟情守，任它浪打狂风骤。　　濡墨抒怀温烈酒，遥聆晚籁落霞后。郎去心房谁驻守。观星斗，牵牛织女双牵手。

王思球 安徽

咏松阳张玉娘(平水韵)

绝秀松阳兰雪存，玉娘遗事更无伦。
双娥鹦鹉魂偕去，烈士青松映一贞。

王松坤 福建

青玉案·松阳怀张玉娘

青春总被相思误，纵好景、都虚度。月洁山高深爱慕，心盟百岁，情传尺素。约作双栖赋。　　重逢已是阴阳侣，直教肝肠零作絮。独抱云和安可诉？幽兰白雪，魂销影瘦。终作飞萤去。

王文辉 浙江

咏张玉娘（平水韵）

世事终归离恨天，少年谁解半生缘。
诗成金鼓河山振，词写秋风鹦鹉传。
新句破愁人已远，败荷听雨梦难圆。
蝶随花冢枫林地，慢唱从前兰雪篇。

王文学 甘肃

悼宋代才人张玉娘

才人二八折王桢，绝代风骚仅百声。
鹦鹉难抛浮世恨，殉情就主咏三莹。

王向华 北京

七绝·张玉娘（中华新韵）

才艺齐肩李易安，
鸳情总让泪潸然。
香魂已去成追忆，
幸有清辞遗世间。

王向伟 新疆

读《兰雪集》有感（中华新韵）

十年世事寄江海，万里春光共月明。
莫道秋期寻旧迹，疏风拂影鸟飞鸣。

人生良遇知何处，咫尺天涯不相逢。
此恨已随流水去，徒留残梦似浮萍。

王小池 河北

过兰雪井偶书

苍苔寂寂寻常有，芳径悠悠随处行。
忽觉晨风吹冷意，才知石甃引伤情。
阶前未见蛾眉笑，耳畔疑闻鹦鹉声。
白凤文章堪鼓瑟，山高月小得佳名。

王新清 山东

七律·忆若琼

七百流年守井泉，瓯江诗路涌仙篇。
松阴溪上浮明月，竹影山间绕淡烟。
四俊案头消苦恋，三清窗下解空悬。
朝云暮雨枫林静，兰雪冰操金石坚。

王雨娇 四川

风入松·吟一贞居士

卷轴泼墨赋瓯江。才羡华章。捻花望断残秋夜，见山高、皓月成霜。灵鹊上元难忘，泪凄忽梦佺郎。　幸识兰雪耀松阳。尚记红妆。与君藏袖伏枝笑，两茫茫、旧忆穿堂。半盏玉峰将没，四时倩影流芳。

王岳 安徽

鹧鸪天·读张玉娘《哭沈生》

写罢新词双泪潸，漫将心事入吟笺。
如烟往事空回首，荏苒流年逐逝川。
心欲碎，梦常牵，何时相倚再鸣弦。
世间只有情难死，待到情深死亦难。

王祝成 浙江

行香子·张玉娘纪念馆

千古松阳，三月花溪。凭孤怀清梦依稀。沉思往事，回顾雄词。待餐霞客，烟霞志，踏霞归。　　高歌才气，霜天消息，引清风一曲莺啼。分明淡泊，皎洁凄迷。乍与江行，瓯江上，浙江西。

韦勇 广东

沁园春·咏张玉娘

孤操惟贞，真情惟贵，心愿多违。每花朝月夕，伤情感事；愁肠淡酒，无寐因谁。未负人情，偏耽世俗，慷慨缠绵数阕词。论才识，独班昭可并，清照堪齐。　　卷帘雨正霏霏。沈公子、何时衣锦归。念案头香断，窗前日暮，芳樽更续，藻翰还摛。离合于心，悲欢在赋，兰雪馨香千古垂。浮生愿，作松阳梁祝，化蝶双飞。

魏国保 湖南

读张玉娘《兰雪集》

奉读媲清照，松阳识玉娘。

山高栖挚爱，月小纳悲沧。
塞上从军曲，江南报国章。
千秋温一卷，兰雪动心香。

文会春 江西

缅怀张玉娘

素雅如兰异众芳，九天仙子下松阳。
才情名动翰林院，词赋文雄学士庄。
自古风云多变幻，岂因霜雪话凄凉。
春来未许鸳鸯梦，秋菊冬梅悼玉娘。

吴海燕 河南

家藏《兰雪集》题后（中华新韵）

词落秋霜宝剑锋，如兰如雪亦如琼。
相思最是写难尽，春涨瓯江明月中。

吴红 加拿大

减字木兰花·夜读《兰雪集》有思

寒天月缺，山水无情音信绝。乱叶敲窗，雨密难寻雁影双。　　寸眉千结，梦断谁知心滴血。惟念黄泉，鸳侣相携兰雪观。

吴继强 河南

鹧鸪天·张玉娘（词林正韵）

一派词风盛誉扬，纫兰为佩捻沉香。多情才女空余恨，千里相思欲断肠。 传佳信，恋仙郎。那堪痛切不寻常。澡身冰雪坚贞抱，化作飞鸿共久长。

吴俊 浙江

七律·游松荫溪、鹦鹉冢有感

暮色江天烟雨渺，扁舟一叶数声箫。
秋风微拂前尘远，夜月孤悬归客寥。
逝水无情人易散，青灯有恨梦难消。
何时重返故园路，再把新醅对影浇。

吴莉梅 浙江

咏 张 玉 娘

自古相思最断肠，松阴溪畔演凄凉。
张家才女留高韵，纸上遗篇痛未亡。
并驾英台情意远，比肩清照盛名芳。
而今竖起菁华苑，闹市通幽挽玉娘。

吴其融 浙江

咏张玉娘爱情故事

郎君一去路漫漫，独对松阳雪后寒。
花落惊窗春梦老，月明磨镜宿妆残。
玉箫声尽愁还续，锦瑟尘生泪已干。
犹问贞碑鹦鹉冢，为谁啼血到长安？

吴熙臣 湖南

鹧鸪天·松阳访古

古邑循踪访若琼，但存鹦鹉伴三清。
当年誓许三生愿，讵料芳龄梦未成。
兰雪淑，愫怀馨。相思万缕系英灵。
愁肠寸断终残月，恪守初衷不二情。

吴晓梅 浙江

访张玉娘诗馆有吟

一

久闻贞女倩犹伶，婉约芳词旷世馨。
朱阁香帏今不见，只余苔冢说曾经。

二

春风柔起竹荫旁，山隔春风无奈别。
碑上春风消寂时，翩翩一对青蝴蝶。

吴亚萍 广东

咏 张 玉 娘

吟成兰雪独超群。襟带风烟袖吐云。
一自沈郎乘鹤驾，更无新雁寄羊裙。
青鸾镜[①]上斑方碧，鹦鹉冢[②]前枫正殷。
毋信诗人闺阁手，伤心曾吊故将军[③]。

[注释]

① 青鸾镜，其《香闺十咏》中有《青鸾镜》诗。

② 鹦鹉冢，张玉娘与沈佺、双娥及鹦鹉合葬于附郭枫林的墓群。

③ 故将军，张玉娘曾作《王将军墓》凭吊抗元将领："岭上松如旗，扶疎铁石姿。下有烈士魂，上有青菟丝。烈士节不改，青松色愈滋。欲识烈士心，请看青松枝。"

伍思鹏 江西

金缕曲·过松阳鹦鹉冢怀张玉娘

她在江南尾。越千年、初翻画卷，泠然空翠。山带清溪寒如镯，妆点争春罗绮。黯伫足、乌衣门第。藓迹苔踪流碧瓦，错认成满纸相思字。檐上雨，玉娘泪。　　梦魂重到群山外。正歌哭、沈郎遗恨，旧盟值此。轻拭宵深啼痕浅，皎皎月明难寐。付鹦鹉、冢中故事。记得宝钗桃叶渡，算黄花、尽日添憔悴。更说与，故人未？

武保军 河北

浪淘沙·感松阳县古邑才女张玉娘而作

窗外雨连天，思古心翩，玉娘大作落台前。旖旎松阳才女是，忘却雷暄。　　落叶水泥残，雨景阑珊，时停大雨这时欢。唯有真心存浅黛，长叹人间。

项一民 浙江

咏张玉娘

出身官宦家，偏赋好才华。
诗骨凝兰雪，文心沐锦霞，
忠贞鉴霜月，大爱泣昏鸦。
天妒英年逝，闻之皆戚嗟。

项志英 浙江

鹧鸪天·谒张玉娘诗文馆感作

玉陨风尘烛泪潸，满天寒雨酹阑干。琐笼鹦鹉悲无主，压案云笺戚有篇。　　曾婀娜，复婵娟。沈君情定小红颜。可堪命薄沉疴后，一盏孤灯冷墨前。

项志英 浙江

鹧鸪天·谒张玉娘诗文馆

古邑千年遗著传，扫眉才子惹人怜。乡园草木珠玑句，家国情怀锦绣篇。　　违旧教，论新观。一贞居士洁如仙。山高月小诗文誉，秋实春华作榜元。

肖志军 湖南

七律·张玉娘

风衾寥寞惹愁丝，环顾空闺强自持。
缱绻良宵曾共度，凄凉病骨恐难支。
独摩锦字芳心冷，苦忆佺郎泪眼痴。
别恨积成鹦鹉冢，无声兰雪叹星移。

谢良喜 江苏

《兰雪曲》并序

序：松阳张玉娘者，人称“宋代四大女词人”之一，虽学博才高，诗佳词美，然远不及李清照、朱淑真之名扬词坛，究其因，一是运蹇命短，更主要是褒扬不足之故。余爱其性情真，文采佳，志气风怀强胜闺阁中人，故不揣陋薄，作《兰雪曲》以叙其事迹，扬其诗名云尔。

松荫溪绕瓯江长，一方水土养一方。
道是灵地出人杰，兹邑古闻张玉娘。
玉娘本是官宦女，生小聪慧出侪侣。
思比班昭世已知，才并漱玉天赐与。
十五婚约许东邻，风流宋玉自无伦。
百年修得两情合，朝朝暮暮等闲春。
为赠香囊更题句，已许终身长托付。
但教两情比金坚，俗眼尘劫亦何惧。
不意沈郎命数奇，家道中落失丰仪。
徒见人情薄似纸，终知世事新于棋。
阿父因之欲另配，玉娘决然诉肝肺。
愿如双燕同死生，粗衣素食终无悔。
双亲无奈稍相容，堂前乃掷缄一封。
沈郎倘欲为快婿，魁星榜上看乘龙。
获落书生遂背井，辞别亲爱越重岭。
当时只道暂别离，他日终效双交颈。
斯人去后剩诗文，诗文何以慰红裙。
唯将中心何限意，漫随南风逐楚云。
翻忆别时长亭草，送君不到灞陵道。
山河迢递雨冥冥，只愁人向镜中老。
别后相思费新毫，赋就三章山之高。
思君不见心悄悄，望夫石上恨滔滔。
且喜沈郎自倜傥，经论三章有逸响。
应试一时成佳话，圣主勒令题金榜。
当时士子满三千，共看当殿挥巨椽。

解将寮山对横堰，一点妙蒂赛珠联。
孰料登魁天亦妒，英才难逃是劫数。
亦或多情致积思，弱冠无奈成迟暮。
惜别尘寰恨难依，隔水犹自怀仙妃。
却将遗书寄知己，安得共跨双鸾归。
玉娘闻之悲欲绝，尽日洒泪泪化血。
哀怨拟逐双飞鸿，人生最难是死别。
誓将余生守空楼，古井无波春复秋。
春风秋月等闲度，每忆沈郎恨难收。
勤侍双亲闲耕读，饱看高山变陵谷。
两祭无时致深哀，五见陌上稻粱熟。
忽到元宵对青灯，灵神恍恍入云层。
正见沈郎驱驾至，一别经年鬓鬅鬙。
似怪玉娘负盟约，不肯相随赴碧落。
语罢杳然竟自归，谁见佳人长寂寞。
桑田已改更何之，磐石无移草如丝。
感君灵魄犹促促，愿逐鹤驾赴瑶池。
因之半月遂绝食，一缕香魂招不得。
尘间遂少孤栖凤，天上应怜双羽翼。
玉娘已殁不可寻，剧叹三生契缘深。
遂与沈家商略定，佳偶同穴葬枫林。
昔闻梁祝空化蝶，争及玉娘事烨烨。
生既相许死相从，死死生生永交接。
斯人已矣事犹传，侍女悲恸恨绵绵。
或缘忧死或自颈，畜养鹦鹉同殡天。
应念闺房存忠勇，殉身亦是多情种。
家人因之葬三清，从此松阳有义冢。
嗟哉玉娘恨已非，人间孰记九张机。

兰雪有集知者寡，贞烈事迹闻何稀。
忽忽推移九百载，当时人事今何在？
沧海可涸天可荒，不可湮没是文采。
诗集二卷自含英，世上长传兰雪名。
蕙兰何足比其洁，冰雪胡能方其清。
我今读此泪如掬，至性由来轻世俗。
何方借得笔生花，为君谱作《兰雪曲》。

谢鹏主 湖南

谒张玉娘诗文馆

空幽台馆邑城东，绝代佳人谒此中。
兰雪襟怀屈公似，诗书才调易安同。
情殷一沈知贞节，殉得三清感赤衷。
世外今应相伴老，飞鸾高跨月玲珑。

谢少华 江苏

咏 张 玉 娘

唐风宋韵百家诗，也在松阳发一枝。
绮阁清幽兰绝代，空庭寂静雪伤时。
云遮汉阙红颜痛，爱寄京城玉女悲。
鹦鹉冢前皆扼腕，昙花易谢不由谁。

谢巍琦 浙江

浣溪沙·咏张玉娘

兰雪百章未隐埋，痴情一世未开怀，沈郎何幸又何哀！　　鹦鹉家边春正美，江南秘境待诗才，双双燕子复归来。

谢延龙 黑龙江

御街行·咏张玉娘

诗词俱卓容颜好，性淑达、追清照。胸怀家国胜须眉，重义行持贤孝。班昭再世，豪吟畅咏，遐迩齐称道。　　兰台典著均通晓，逐大雅、声名噪。青梅竹马两鸳鸯，运舛终难偕老。文星早陨，婢禽悲殉，贞德千秋耀。

谢毅 辽宁

夜读《兰雪集》感赋[1]

读兰雪集夜挑灯，戛玉敲金细品听。
才并李朱[2]同炳耀，事追梁祝共凋零。
一贞[3]皎似六花洁，百咏[4]清如九畹馨。
何物是情生死许，苍天洒泪溅为星。

［注释］

① 诗遵平水韵，下平九青。

② 李朱，指李清照和朱淑真，张玉娘与她们齐名。

③ 一贞，张玉娘号“一贞居士”，此处语义双关，既指玉娘，也指其贞洁之情操。

④ 百咏，《兰雪集》收录了一百余首诗词。

熊琳 湖南

卜算子·松阳怀张玉娘

开谢梦中花，圆缺天边月。堪叹红颜命多薄，夜夜啼鹃血。　　家国儿女情，笔墨梅兰骨。剩有风云千载后，捧卷山溪澈。

熊玲燕 广东

鹧鸪天·江南秘境之美人张玉娘

一脉瓯江绕嶂清，春风于此独留情。
催开竹外桃花艳，荡绿无边烟雨轻。
山毓秀，水钟灵，松阳风物为侬倾。
诗词深得风人旨，兰雪襟怀千载馨。

熊湘东 湖南

读《兰雪集》后题

肠断栖飞旧约沉，且将同穴当同衾。
三更梦寐随庄蝶，片语分明托陇禽。
大抵风云犹气壮，不妨儿女自情深。
千秋节概无人解，月小山高试一吟。

徐爱香 浙江

一丛花·张玉娘诗文馆

初来孤馆读词章。舒卷册含香。随潮送去江湖客，阅青史、多少凄凉。憔悴那堪，蹉跎依旧，时转九回肠。　　秋阳陪我访荷裳，黄叶覆山乡。绝唱。松门原是烟霞地，又回首、街陌辉煌。共惜风流，谁知绝唱，一曲入瓯江。

徐广征 山东

沁园春·一代词人张玉娘

地灵松阳，情高一贞，才比易安。赞书香浸润，诗怀神逸；古风唱彻，长短流传。思接柔毫，香浮锦帛，蕙质兰心雅万年。玲珑韵，熠熠光烂漫，应照婵娟。　　苍天却未成全，只可惜，良缘遭雪寒。望远山漫漫，雾迷泪目；孤鸿杳杳，音断愁烟。碧水无痕，柳丝几许，彩蝶翩翩向哪边？堪歌泣，至爱瓯江动，醉了人间。

徐吉鸿 浙江

处州访鹦鹉冢

千载怀贞鹦鹉冢，一方矮土隐悲凉。
殷殷红叶留珠韵，汩汩寒泉泣玉娘。
兰雪重光堪洗恨，松阳建馆足流芳。
碑前我亦多情种，秋泪随风又两行。

徐吉鸿 浙江

怀念张玉娘

千山秋树迷鹦鹉，我向寒泉吊一贞。
薄命红颜魂未远，犹扶兰雪更诗情。

徐吉鸿 浙江

玉蝴蝶·纪念张玉娘

堪叹兰雪情愁，古今谁与酬。翰墨为郎留，相思笔底遒。　　佳人颜胜玉，文采更风流。年月去悠悠，空余鹦鹉丘。

徐景艳 黑龙江

端正好·咏张玉娘（词林正韵）

夜上眉山愁无计，瑶琴抚，心怅凝指。往缘如梦落花意。月不圆，秋先至。　　宿情缠绵魂牵系。阑珊夜，轩窗幽倚。萧萧烛火影单恃。脉脉怀，柔柔寄。

徐松敏 浙江

南宋女词人张玉娘

悠悠《兰雪集》，遗韵共天长。
旷世忠贞贵，婉词清丽藏。
青山惊卓笔，明月觅孤芳。
千古松溪[1]水，年年说玉娘。

［注释］

① 松溪，即松阴溪，是松阳县人民的母亲河。

徐仲南 广东

高阳台·读《兰雪集》

至意如金，清操似雪，贞才久慕伊人。冷月为容，如今梦到瓯滨。千年心事从何觅，有诗痕，流幻风神。甚凄迷，哪是飞花，哪是吟魂。　　何堪远道思心悄，但寮山不改，好句犹新。一任尘间，阴云翻覆纷纷。痴心一片浮兰雪，有相思，细与温存。叹高怀，未染浮华，只有情真。

许凤姣 山西

蝶恋花·秋夜读南宋名媛张玉娘《兰雪集》旧知鹦鹉冢故事并赋

吟罢甚怜兰与雪。桂影窗前，相照琼瑶屑。尚有双娥鹦鹉烈。鸟啼花落三清绝。　　谁卜来生能化蝶。却是君生，红豆惊摧折。恍见松阳同皓月。月华洇碧相思血。

许金荣 广东

莺啼序·咏张玉娘

春寒更侵寂寞，掩南窗朱户。风来骤、剪碎琼英，雪飞心怨如缕。仙郎忆、春宵过后，菱花怕照佳人苦。奈雁鸣征远，高丘阻断云雨。　　千里相思，寮山皎月，泣杜鹃花树。操冰雪、流水松荫，枯桐弹寄朝暮。恨生离、情长信短，双鸾约、银河飞度。瘗玉香，叹绝三清，学人鹦鹉。　　杨花春燕，溪竹娇荷，含羞拾翠女。诗独有、鸳鸯成对，水远云迟，笑解语花，紫囊心许。青梅梢结，修眉柳妒，云林竹院参禅意，记当时、蛱蝶松边舞。伤春往矣，不料长别中途，泪墨遗恨今古。　　凭栏极目，山卯川清，鹄鹭闲来去。共凤侣、烹茶游水，陟塔乘风，擘画田园，披拨云雾。遥天万里，仙踪诸迹，松阳十里观花海，对啼鹃、怕染鲛绡布。问谁独倚高寒，若木琼枝，滴凝清露?

薛同山 安徽

鹦鹉冢前吊玉娘（七律平水韵）

墓冢高高葬玉娘，忠贞不二爱萧郎。
双飞紫燕难圆梦，独守深闺泣断肠。

憔悴佳人镜中老，孤单冷月枕边凉。
才华绝代逢清照，兰雪诗词字字香。

闫艳 辽宁

夜游宫·感怀南宋张玉娘

绝代芳华吊古，淡日下、一抔黄土。似听凄凄语鹦鹉。叹人间，几微尘，杨柳舞。　　雪洁冰心女，翰墨里、诗情谁伍。千载痴心沈郎付。野花丛，蝶双飞，朝又暮。

杨碧平 重庆

五绝·鹦鹉冢吊玉娘

高山入月门，白雪冷香樽。
醉梦寻鹦鹉，兰台化玉魂。

杨朝然 河南

读《兰雪集》怀张秋娘

寻幽揽胜访松阳，秘境风光逸韵长。
一卷诗文《兰雪集》，游人无不忆秋娘。

杨发余 江苏

咏 张 玉 娘

传奇一玉娘，兰雪沁松阳。
弦绝哀连理，词成泣断肠。

月笼鹦鹉冢，风漾竹梅香。
高洁芸编在，韵同梁祝长。

杨聚民 河北

叹《兰雪集》

玉娘故事有谁知，女子从来情最痴。
泣血成诗吾去也，人间留味是相思。

杨少勇 山东

独步暮秋思若琼

卿本松阳百媚娇，天生丽质楚宫腰。
芝兰吐韵词销骨，冰雪添香风引箫。
肠断三更惆怅夜，魂归一梦奈何桥。
相思千古无人诉，孤月寒江影寂寥。

杨文伟 浙江

摸鱼儿·鹦鹉冢

看人间，花开花谢，生命匆匆不语。独山孤影松溪岸，江南几度烟雨。弹怨曲，抒愁词，绝唱悲歌旧城隅。前尘往事，曾山高月小，皎皎清风，常梦长相逢。　　官塘路，当年枫林霜染，离离荒阡古陌。素车白马行迟迟，奈何终究黄土。贞文祠，兰雪井，应已心知人共途。佳缘无缘，遗爱恨千古，一缕香魂，犹存鹦鹉冢。

杨文伟 浙江

咏张玉娘

烟雨松溪飞野凫，独山孤影霁云舒。
红枫霜染官塘路，西郭月斜魂梦殊。
怨曲愁词《兰雪集》，悲歌绝唱《竹松图》。
佳缘难续憾千古，鹦鹉双娥同命途。

杨晓航 云南

贺新郎·松阳鹦鹉冢怀张玉娘

幽若香如雪。冷清清、蕙烟淡袅，仙根孤绝。飘渺红尘生涯里，曾被人间轻折。自料理、芳心高洁。迢递深情云路杳，任离魂、化作相思结。千里地，共明月。　江南已是春消歇。转秋凉、商飙渐起，悲声吹彻。天质冰姿都凋落，只剩枯黄一叶。捻不住、砉然长别。词笔遥知犹恨晚，只空留、鹦鹉坟前说。青冢外，双栖蝶。

杨晓晓 湖北

山花子·过松阳怀张玉娘

暮雨朝风岁月长，溪声山色铸奇芳。怀雪纫兰志犹在、满诗墙。　幸我蛾眉生此世，怜她鸿学陨闺房。应使玉魂千载后、可鹏翔。

姚传标 浙江

七夕夜题张玉娘

紫陌红帘伤短景，山高月小挂寒宵。

三清鹦鹉相终始，一段鸳鸯多寂寥。
难写悲酸怜竹泪，犹将兰雪寄琼瑶。
香销独坐看河汉，谁把情分暮与朝？

姚荣 云南

南浦·玉娘归来（仄韵格·张炎体）

穿越漫时空，玉娘归，步履轻盈柔曼。风彩胜西施，娇才女，婀娜仙姿清婉。松阳秀杰，过人聪慧贞纯善。鹦鹉欢歌迎故主，乡老世亲夸赞。　家乡明丽温馨。古街巷，文脉千年未断，《兰雪集》增辉。瓯江上，帆影鹭飞莺唤，风情浪漫。百花争艳春光暖，大地青葱山碧翠。情挚玉娘欣叹。

姚铁飞 辽宁

咏张玉娘

天何起妒殁琼珠，旧垒花残不忍扶。
藻饰兰台心媲雪，情腴秘境酒盈壶。
孰倾浊泪悲鹦鹉，但秉灵犀恨鹧鸪。
莫向瓯江寻女迹，飞萤聚处远轻桴。

叶传凯 浙江

满庭芳·题咏张玉娘

古邑松阳，官塘门外，过经多少沧桑。一贞安处，鹦鹉冢相傍。更与枫林为伴，兰雪井、故事深藏。已来久，似同身世，花草掩凄凉。　时光开远局，非遗承继，传统宣张。喜欣见，玉娘诗馆新装。

画展碑文醒目,《兰雪集》尤显厅堂。香魂在,情怀家国,看圣洁流芳。

叶菊华 浙江

参观张玉娘诗文馆有感

质慧心灵巧女红,诗词秉赋律亨通。
才高得句文章秀,志远怀情气节融。
啼泪孤鸿惊梦里,忠贞双燕会天宫。
残碑不计春秋度,兰雪泉边咏古风。

叶松生 浙江

咏　玉　娘

魂死寄诗琴,曾吟泪湿襟。
今秋重细论,其意倍思深。

叶旭芳 浙江

临江仙·游松阴溪咏张玉娘

万顷茶香吹入梦,沄沄流水成诗。一溪鸥鹭半栖迟。当春未对酒,已是落秋时。　　女儿亦怀君子气,幽襟还向云归。清风明月自相宜。从来凌雪意,开谢不须知。

叶兆辉 重庆

望海潮·过松阳读张玉娘《兰雪集》

江南殊境,松阳佳处,桃源曲径通幽。村外野桥,庄前黛瓦,依山傍水悠游。耕读古风留。绝尘且忘蜀，民舍停舟。雅玩青瓷，赌茶分韵笑藏钩。　　钟灵毓秀雄州。叹超凡薄命，居士闲愁。才比惠班，词延漱玉，文翰染溉千秋。兰雪赏音稠。节烈追梁祝，巾帼清流。欲向枫林拜谒，高谊与云浮。

易浩 湖北

夜宿松阳读张玉娘《兰雪集》

人到松阳如故里，先从兰雪读离骚。
爱情已觉比心近，结句犹惊立意高。
诗借一江新古典，云收千嶂旧时髦。
愿将似此春风夜，酿以相思做酒醪。

易峻德 上海

玉　娘　曲

倩影孤凭月夜楼，一层玉砌一层愁。
中宵几度翻青鸟，彻旦终难忘好逑。
正叹世间人自苦，忽闻天上雁齐讴。
遂辞二老与亲旧，只愿来生执子游。

易林人 广东

读《兰雪集》感吟

一篇梁祝旧风情，讵料贞心铁铸成。
名世红颜遭月妒，扫眉才子着人倾。
分明蚀骨销魂语，偏有穿云裂石声。

记作尘间凄绝事，从教儿女重和鸣。

尹海英 河北

七律·谒鹦鹉冢

几望石碑珍似金，别犹难舍老枫林。
无羁风里赊香馥，有感阴中鸣怨禽。
一段情缘堪彻骨，三清鹦鹉已铭心。
山之高曲不能唱，唱罢潸然泪打襟。

尹海英 河北

谒鹦鹉冢偶拾

昔日玉娘何处寻，三清鹦鹉用情深。
山之高曲启唇是，谁懂殷殷滴血心？

应子根 浙江

七绝·咏松阳女词人张玉娘

一

深深翠竹锁清秋，寂寂孤灯晃凤楼。
鱼雁传书书不尽，倚栏挥泪泪沾裘。

二

霜风凄厉竹荫摇，落叶飘零伴寂寥。
竹马青梅成水乳，而今鹤影远莺娇。

三

玉笛声声祝别夫，风尘仆仆上皇都。
妆台乱乱床头湿，素月冰冰照仕途。

四

岂晓一觞招驲讣，阴阳两隔嚎孤墓。
落红成阵断肝肠，寂寞深闺谁伴赋。

于楷臻 浙江

咏 张 玉 娘

古木垂阴映碧苔，
晴窗驻梦涧花开。
松溪缱绻传新句，
夜月孤高照故台。
咏絮应怜兰雪泪，
传书空赋雨云哀。
千秋已往蓬莱远，
不改青山待凤来。

俞孟良 浙江

忆秦娥·凭吊张玉娘

天边月，盈盈照遍屏山缺。屏山缺，濡毫阁上，玉人伤别。　　赤泥能致香躯灭，澄怀赋字高还洁。高还洁，千秋传唱，一贞兰雪。

俞孟良 浙江

忆秦娥·谒松阳鹦鹉冢

情缘累，鹦哥有冢枫林里。枫林里，残碑易见，缅思难已。　　风前撒下雕胡米，旅中凡客长零涕。长零涕，青山漠漠，月光如水。

俞亚东 浙江

谒宋女词人张玉娘纪念馆有怀

秋老梧桐雁去时，竹林高馆雨丝丝。
名花零落冰弦断，世事凄凉鹦鹉知。
孽海何堪兰雪字，悼词岂独放翁悲。
白云千载成追忆，劳系红尘一卷诗。

虞克有 浙江

洞仙歌·咏张玉娘(苏轼体)

山高月小，读相思名句，惊世才华灿千古。想当时，携手池畔含羞，香囊赠，许下真情一缕。　　恨情深缘浅，世事无常，何奈郎君竟西去。抱病梦魂牵，泪洗娇容，长憔悴，香消蝶舞。见兰雪书中蕴忠贞，叹侍女，追随合埋鹦鹉。

袁桂荣 吉林

九张机·咏叹宋代才女张玉娘

一张机，婳祎姝女煮青梅，订婚许嫁沈家子。及笄之岁，天成佳配，白首共相依。

二张机，玉娘聪慧有才思，沈郎文采生花笔。心依菡萏，情随兰草，唱和透灵犀。

三张机，绿阴冉冉绕清溪，翩翩罗袖萦香气。野花笑折，云鬟轻插，黄蝶绕疏篱。

四张机，送春最怕秭归啼，金莲破藓留芳迹。山高月小，我心悄悄，深爱莫猜疑。

五张机，为成佳婿赴京师，乘龙必待中科举，沈郎俊逸，探花及第，谁料病相欺。

六张机，一弯山月照窗西，野春夜色清如水。流萤飞入，绣床之际，明月寄相思。

七张机，欺人狂絮点罗衣，欲传佳信无从寄。悲伤莫问，悲酸难写，愁结远山眉。

八张机，悲伤最是死生离，情关梦碎随君去。君为侬死，肝肠搅刺，独活为谁施？

九张机，双娥鹦鹉冢边陪，闺房更誉三清义。一朝成诺，三生未改，应是太情痴。

神驰，从军行里见端倪，全无闺阁娇柔气。凯歌乐府，忧民忧国，豪气若男儿。

相知，千年惊艳爱情诗，集成兰雪骚坛立。宋时风月，一贞占半，词史美名垂。

曾凡荣 广东

谒张玉娘墓后读《兰雪集》

残碑犹见字千金，历久生辉动我心。
八百年来风雨后，兰香雪影到如今。

曾小云 浙江

题张玉娘女史

枫丹埋玉骨，芳冢自孤寒。
呕沥追长吉，才情并易安。
殉鹦闻极异，化蝶调谁弹。
兰雪读遗墨，分明血泪团。

张东炳 浙江

雨霖铃·旅居松阳读《兰雪集》有感遂寄家妻

高山重叠，冷清长夜、忽又轻别。从头再读兰雪，沈郎薄命、佳人贞烈。一片相思寄雁，断肠字犹血。梦去也、鹦鹉丘前，竹语凄风更呜咽。　　从来苦乐相生灭。念荆妻、共把同心结。乡关望却何处，身是客，月圆人缺。野鹤松间，天外吹来玉笛声彻。旧帐里、还抱愁眠，久旅方归切。

张东哲 四川

咏张玉娘

满纸心犀咏未完，痴魂独隐浙西峦。
最怜絮果空鱼雁，欲挽梦云伤镜鸾。
别后身同兰烬灭，风前泪是雪销残。
应知花冢月圆夜，双鸩好啼相见欢。

张和平 广东

题松阳张玉娘

流月长辞镜里颜，幽兰香透雪云间。
冰弦清绝凄然抚，从此春风不得闲。

张红斌 陕西

摸鱼儿·哀玉娘

紫香囊、悄将心许。燕儿梁上来去，算来多少花前事，总是因情凄苦。留不住、春渐老，青梅树下瑶琴赋！青春已误！悔教觅前程，灞陵道上，一路风和雨。　　空余恨，难做神仙眷侣。黄泉路上难聚。不知梦里归来客，可记当时情语？千万绪，怎生灭、恰如杨柳风中舞。红颜天妒，只为那人痴。一抔黄土，冢上落鹦鹉。

张辉 黑龙江

沁园春·张玉娘（苏轼体，词林正韵）

软语呢喃，豪言磊落，纤笔纵横。喜性如辛陆，诗藏剑气；爱如梁祝，洁若壶冰。一鸟情深，双娥意重，故事凄凉不忍听。读文集，那一词一律，句句伤情。　　爱情恍若幽灵，让怨女痴男忘死生。惜罗朱悲剧，耳闻无证；孟姜传记，口说无凭。织女凡临，白蛇恩报，俱是书生臆想成。君休讶，论世间真爱，谁与齐名。

张金英 海南

浣溪沙·访张玉娘诗文馆感作

满架书香一室萦，张家有女玉冰清。秋风带泪梦犹惊。　　兰雪井中空照影，鹦鸣弦里莫痴情。情多惟恐误今生。

张敬爱 山东

念奴娇·读《兰雪集》

情深可鉴，叹无常过往，问与谁说。脉脉长亭愁远径，恻恻人间圆缺。缱绻相酬，罗浮一梦，竟夕伤离别。沈郎知否，直教闺苑啼血。　　缘此来访松阳，若琼故里，欲解心中结。二七年华凄婉处，遗集幽兰冰雪。丽水三千，人文一脉，涵古今清绝。个中传唱，向来多少真切。

张青松 河北

金缕曲·谒松阳鹦鹉冢遗址感怀

千古痴情者。甚堪怜、江南秘境，玉娘嘉话。鹦鹉冢边残碑抚，缕缕幽思倾洒。正柳外、冤禽啼罢。烟絮狂吹飞玉雪，叹良缘绮梦终虚化。情笃矣，命乖也。　　曾经多少凄凉夜。倚西窗、更深梦浅，泪弹香灺。一卷诗编冰蟾阅，何处青衫白马。只剩得、相思盈把。尘世何多离别苦，愿黄泉归路双鸾驾。相伴去，莫牵挂。

张庆辉 云南

玉　娘　曲

鹦鹉冢前枫林晚，叶落江南秋风卷[1]。

霜空飒飒任寒侵，有客绕冢步缓缓。
冢中玉骨有遗芳，敛容再拜动中肠。
江南多少痴儿女，松阳梁祝事堪伤。
家在处州城中住，玉娘生小能咏絮。
绣户侯门初长成，星眸皓齿蛾眉妒[2]。
美玉质兼玲珑身，自是椿萱掌上珍。
表兄沈郎翩翩子，无猜两小订姻亲。
共戏松阴溪头水，春水浮香春何美[3]。
相偎情浓两好时，芳心羞许香囊紫[4]。
松阴溪水忽生波，郎君家道衰顷俄。
阿爹欲拆鸳鸯散，溪水和泪漫忽多。
溪畔纷扬下梨雪，佳人幽意不能绝。
束手阿爹终有言，为婿不得功名缺。
郎君本意轻功名，为报玉娘赴玉京[5]。
置酒相送灞陵道，秋风秋草不胜情[6]。
别后西楼望渺渺，山之高兮月之小[7]。
魂销几度怜玉娘，朱户琼窗心悄悄。
深闺长夜何遣之，薛涛笺上写相思。
秋雨连天池涨际，春风拂岭燕归时。
燕归池涨度昏昼，郎君影在灯前瘦。
为谁折桂待秋闱，把卷孤馆残更漏。
不负郎君刺股功，得意马蹄踏春风。
俊士方招于殿前，才名已是满京中。
登科肯负玉娘义，乘龙叵耐归心炽。
临安处州万山遥，客梦空期一日至。
畴昔积郁已寡欢，更于客程感风寒。
忽报郎君临不治，未归双鸾天何悭[8]。
不堪中道成长别，可怜玉娘心欲裂。

遥托鱼雁慰郎君，生不同衾死同穴[9]。
弥留郎君泪纷飞，终隔人天旋大归。
松阴溪畔徒留誓，梧叶窗前何限悲。
红巾翠袖多染涕，佳婿另择涕或已。
哀哀再拜告爹娘，未亡只为双亲耳[10]。
河汉痴望到三更，鹊桥还羡女牛情[11]。
尽日清泪流不断，一似绛珠报神瑛[12]。
青鸾镜寂凝青露，碧玉簪垂散碧雾。
何遣秋暮与春朝，怆心人作怆心句。
心怆空庭翠柳烟，心怆独夜锦衾寒。
心怆梦破梅花枕，心怆莺啼湘竹帘。
研墨铺纸日兼夕，檐下鹦鹉亦萧寂。
新诗题罢哀更深，霜娥紫娥愈忧戚。
花径伤心悲落红，林亭触目怅新枫。
可怜香墨都费尽，依然未尽是幽衷。
不独幽衷煎迫久，崖山劫在数年后。
玉娘恨不男儿身，虎帐金鞍心底有[13]。
自谓丈夫忠勇宜，裙钗贞心亦当持[14]。
生憎胡马踏天下，为国更赋凯歌辞。
幽吟一集凝兰雪，兰雪一集何素洁。
哀婉还过朱淑真，慷慨堪入易安列。
易安淑真吴淑姬，玉娘与共四家词[15]。
四家词彩辉两宋，不让须眉各争奇。
尺冰积心生何苦，春风五度泪中度[16]。
元夕托梦郎君来，凄凄玉娘终随去。
合与郎君土一抔，痴儿女葬枫林秋。
紫霜二娥并鹦鹉，闺房三清伴蒿丘。
官塘门外兰雪井，掬之谁人不耿耿[17]。

情允一人情不磨，义风千载义弥永。
古今此意贯地天，汉时孔雀飞东南[18]。
鹦鹉冢连孔雀冢[19]，冰雪洁酬金石坚[20]。
沈园此距六百里，钗头凤壁有遗址。
黄縢酒羡唐婉温，玉娘春华空飘逝。
青骢马远苏小殇，痴心女儿每断肠。
红颜已尽三生泪，青史才留一段香。
地老天荒岂无信，痴绝人失眷属分。
谁为玉娘向天吁，何报痴绝以遗恨。
杭州汴州梦华凉，彼时中国海生桑。
是殉郎君是殉宋，儿女家国两茫茫。
诗文馆外立恭肃[21]，霜枫如血落簌簌。
临此如何不衔悲，为制人间玉娘曲。

[注释]

① 鹦鹉冢，指沈张合葬于西郊枫林后，侍女霜娥、紫娥相继追随而亡，玉娘养的鹦鹉也“悲鸣而降”。“闺房三清”（即霜娥、紫娥和鹦鹉）陪葬于沈张合墓左右，世称“鹦鹉冢”。

② 绣户侯门，指玉娘出身于书香门第的仕宦人家。

③ 松阴溪，指瓯江上游支流，流经松阳县。

④ 紫香囊，指玉娘曾做紫香囊并作《紫香囊》诗，一并送给沈佺。

⑤ 轻功名，指沈佺因感家国风雨飘摇，故无心功名。

⑥ 灞陵道，指玉娘送沈佺进京应试，赠诗《古别离》，中有“送君灞陵道”句。

⑦ 山之高兮月之小，指沈佺进京应试后，玉娘饱受相思之苦，作《山之高》诗，中有“山之高，月出小。月之小，何皎皎”句。

⑧ 未归双鸾，指沈佺寄玉娘绝命诗有“何当饮云液，共跨双鸾归”句。

⑨ 死同穴，指玉娘得知沈佺行将不治后，寄“妾不偶于君，愿死以同穴”句。

⑩ 只为双亲耳，指玉娘父母想为她另择佳婿，玉娘以“妾所未亡者，为有二亲耳”为由拒绝。

⑪ 女牛情，指玉娘诗作《瑶琴怨》中有“天河虽隔牛女情，一年一度能相见”句。

⑫ 绛珠报神瑛，指绛珠仙草和神瑛侍者，《红楼梦》中，绛珠指林黛玉，神瑛指贾宝玉。神瑛日以甘露灌溉绛珠，后绛珠修成女体，逢神瑛下凡，遂用一生泪水报恩。

⑬ 虎帐金鞍，指玉娘诗中有“虎帐春风远”“金鞍试风雪”句。

⑭ 丈夫忠勇、裙钗贞心，指玉娘以“丈夫以忠勇自期，妇人以贞洁自许”自励。
⑮ 四家词，指李清照、朱淑真、吴淑姬、张玉娘并称“宋代四大女词人”。
⑯ 春风五度，指玉娘晚沈佺五年去世。
⑰ 兰雪井，位于鹦鹉冢西侧，为纪念玉娘而掘。
⑱ 孔雀飞东南，即汉乐府民歌《孔雀东南飞》，描写焦仲卿和刘兰芝夫妇的爱情悲剧。
⑲ 孔雀冢，指刘兰芝与焦仲卿合葬之坟，位于安徽省怀宁县。
⑳ 冰雪洁酬金石坚，指玉娘诗中有“汝心金石坚，我操冰雪洁”句。
㉑ 诗文馆，指在鹦鹉冢原址上，建有张玉娘诗文馆，展示其生平及艺术成就。

张瑞文 黑龙江

西江月·游松阳吊张玉娘墓

酒酹幽幽芳冢，心伤淡淡轻烟。苍天何故妒红颜，竟使香魂早断。　　短暂人间夙梦，千秋兰雪遗篇。有缘终未两婵娟，空剩相思一片。

张淑雅 上海

法曲献仙音·夏夜 对残荷读《兰雪集》因次一贞居士韵

翠袖离披，红裳半敛，冷馥尚萦来径。最难为听，三更梦里，一声剪碎灯影。共憔悴，无言处，中宵枕席冷。　　知夕永。开缥囊，还就月色，嚼兰雪，此境似有人省。想越女芳魂，竟何处？总教悬耿。冰雪辞章，系愁肠、叠叠不休。渐北窗清晓，惝恍情思难整。

张树路 山东

咏张玉娘女史

咏絮才叹巾帼奇，卷开兰雪忆仙姿。

时人常誉班昭艺，丽藻堪侔《漱玉词》。
鹦鹉冢前悲冷雨，鸳鸯池畔恨空漪。
长歌一曲吟梁祝，化蝶翩翩情亦痴。

张晓明 浙江

卜算子·追思张玉娘(苏轼体)

一梦绕儒风，词翰红笺思。五晓裁诗似育婴，素业传青史。　　壶德人眸明，趣令亲朋喜。别后魂犹隐护中，敏慧离伦绮。

张秀娟 河北

鹧鸪天·过松阳怀张玉娘

山水清灵风物淳，江南秘境毓佳人。
冰心已化鹦哥冢，玉藻长留兰雪芬。
操比洁，腹涵春，高情只合逐梨云。
秋枫似解红尘憾，片片诗签带血痕。

张艳蓉 浙江

感《兰雪集》(中华新韵)

夏日读兰雪，清风入玉阶。
驱牛平野阔，采莲画船斜。
袅袅相思苦，莹莹意气洁。
巾帼何飒爽，掩卷诵卓绝。

张宜武 江西

玉 娘 梦

明月贞居照，处州才女娇。
灵均怀独抱，沈驾梦元宵。
清丽弥兰馥，闺途漫雪飘。
情浓偏运蹇，凄婉咏桃夭。

张雨倩 浙江

访张玉娘故里松阳

身向松阳梦里行，沉吟诗路月华清。
浣纱彩石瓯江丽，揽秀香溪粉黛轻。
浙西怅望皆吴土，丽水谛听尽越声。
兰雪千载分明诉，儿女相思泣血情。

张媛颖 上海

癸卯夏游松阳怀张玉娘有感[①]

古道浓荫幽寻胜，四都[②]阡陌雾云迷。
为逐玉娘兰雪[③]迹，转入松阳山月[④]思。
的卢西坑走竹马[⑤]，春牛[⑥]鞭辟盼春及。
端午茶[⑦]香盈袖满，小暑麦风凉我席[⑧]。
拜月儿童祈福到[⑨]，十月缸[⑩]中笑声齐。
高腔[⑪]云中犹在耳，偶戏[⑫]村头自为嬉。
听罢长吟向独山[⑬]，风物古与今日宜。
松阴溪[⑭]渡崇古客，兰雪井[⑮]照向阳枝。

闺房三清鹦鹉冢[16]，玉人何必叹栖迟。
但怀金石松雪节，留得乾坤清气诗。

[注释]

① 此诗押中华通韵“四衣”韵。笔者癸未夏赴松阳县为张玉娘《兰雪集》录制吟诵音频，参观玉娘展馆、古村落、明清街，切身感受松阳风土人情，有感而发，遂而有作。

② 四都，松阳县有四都乡，林深雾密，宛若仙境。

③ 兰雪，李白《别鲁颂》：“独立天地间，清风洒兰雪。”张玉娘著有诗词集《兰雪集》。

④ 山月，张玉娘《山之高》：“山之高，月初小，月之小，何皎皎。”

⑤ 西坑，西坑村为松阳四都乡下辖村，被诸多摄影家誉为“中国最优美的小山村”；竹马，竹条编织而成的马，为松阳特色的非物质文化遗产。

⑥ 春牛，打春牛是立春时节的一种迎春仪式，又称为鞭春，为松阳民俗。

⑦ 端午茶，端午茶为松阳特产，史载三国时即已形成规模，至明清，产茶名声愈盛，以藿香、野菊、桑叶、菖蒲、山苍柴、鱼腥草等配制而成的养生饮品，是松阳百姓夏日必备饮品。

⑧ 小暑麦风凉我席，松阳的麦秆扇用麦秆手编而成，形状各异，可除夏热，为松阳特色非物质文化遗产。

⑨ 拜月儿童祈福到，松阳中秋节有儿童拜月祈福的习俗。

⑩ 十月缸，松阳特色红曲米酒。松阳自古盛产大米，素有“处州粮仓”之称，享有“松阳熟、处州足”美誉。《太平广记》：“师（唐人叶法善）曰：此（松阳）有曲处士者，久隐山林，性谨而讷，颇耽于酒，钟石可也……酒至，杯盂皆尽，而神色不动。”

⑪ 高腔，戏曲声腔之一。由弋阳腔与各地民间曲调结合而成，音调高亢，唱法、伴奏乐器和弋阳腔相同。有湘剧高腔、川剧高腔等。富察敦崇《燕京岁时记》：“咸丰以前，最重昆腔、高腔（即弋腔）。高腔者，有金鼓而无丝竹，慷慨悲歌，乃燕土之旧俗也。”

⑫ 偶戏，即傀儡戏、木偶戏。《金瓶梅词话》：“也有二十余人，叫了一起偶戏，在大卷棚内摆设酒席伴宿，提演的是孙荣、孙华《杀狗劝夫》戏文。”《醒世恒言》：“那些家人起初像火一般热，到此时化做冰一般冷，犹如断线偶戏，手足撣软，连话都无了。”《醒世姻缘传》：“狄希陈两个眼东张西瞭，那里有甚么步戏，连偶戏也是没的。”

⑬ 独山，松阳县城内一座单独伫立的高山，为松阳地标。

⑭ 松阴溪，瓯江上游主要支流，在浙江省境西南部。源出遂昌县垵口乡北园附近，先自南而北，后折向东南，流经松阳县，在丽水市大港头入瓯江中游大溪。

⑮ 兰雪井，在松阳县城西，有一圆形石栏圈水井。旧时，井旁有碑曰“兰雪泉”。

⑯ 鹦鹉冢，又称鹦鹉墓，即张玉娘墓，在浙江松阳城西，张玉娘与未婚夫沈佺、紫霜二娥及鹦鹉合葬于此。孟称舜感其才华与品德，专为玉娘创作了三十五折传奇剧本《张玉娘闺房三清鹦鹉墓贞文记》。

张悦 浙江

蝶恋花·张玉娘

丽水丹青颜色误。彩石缤纷，脉脉沉鱼处。曲曲伤离歌别路，浙西诗韵频回顾。　　吴越风烟谁与诉？碧水遥迢，念念怀遗土。字字悲吟兰雪苦，古今犹叹情人误！

张振辉 浙江

清平乐·题张玉娘诗文馆

不堪吟断，书气横新馆。轻易翻开兰雪卷，犹带千秋泪眼。　　只今多少鸳鸯。却输生死光芒。应问网红千万，人间何处情长。

张智超 重庆

余尝闻鹦鹉冢之事，感宋元间女史张玉娘之幽节而题

松阳山下瘗香骨，掩尽风流兰雪编。
桦烛不教私约负，柏舟但誓此心坚。
侍儿争殉悲鹦鹉，血泪皆成啼杜鹃。
合窆枫林偿夙愿，冢荒何处暮云边。

张中考 福建

沁园春·松阳鹦鹉冢

不测风云，竹马青梅，寂寞孤鸿。念兰心望月，质疑命运；深情秉笔，昭诉云空。鹦鹉鸣哀，小鬟悲切，百里阳溪泪水充。多才女、对春秋叹短，怎尽初衷？　　凄迷梁祝犹同。却堪赞词兼清照风。敬坚贞操守，情同鹤雁。非凡志趣，品若梅松。家国情怀，杰英肝胆，憾赋莘莘佳作中。诗文馆、仰闺房形象，灿若霓虹。

张忠 北京

才女张玉娘[①]

秋江辞意尽，白雪曲声浮。
一阕瑶琴怨，西楼晚眺图。

[注释]

①《秋江辞》《白雪曲》《瑶琴怨》《西楼晚眺》均为张玉娘作品。平水韵。

张忠义 山东

法曲献仙音·步韵张玉娘词

浙邑松阳，江南秘境，是处古村幽径。翠树烟霞俨屋，山水田园，桃源遗影。适寻访，前朝梦，旧爱千年冷。　　媛名永，唤玉娘，闺思咏物，边塞赋，兰雪诗词追省。未遂郁胸怀，奈贞心，珠泪清耿。笔泻珠玑，竟比肩，易安幽栖，览古城遗迹，多少情思翻整。

赵斌 河南

七绝·叹玉娘

才盈松古两溪水，

情断箬寮万里云。
相许何须生死冢，
兰香成墨雪凝魂。

赵海军 宁夏

满江红·才女若琼(平水韵)

才女若琼，少年越、词雕丰骨。遇竹马、意岚风发，结缘金核。良素相知情不悖，鸳鸯双舞娟非竭。运不济、家落苦君郎，心惊恍。　　生父咄，谈婚没。琼誓曰，坚无阙。君郎中榜眼，却暴身卒。夜路谁堪愁雨泄，陷泥不染心明月。惋玉娘、泪血梦依玄，娇身殁。

赵宏斌 陕西

松阳·张玉娘

志从《兰雪集》，身并玉娘娇。
寄语传鹦鹉，沈郎愁断腰。
松溪何事绿？双燕到今朝。

赵积山 广东

玉蝴蝶·鹦鹉冢

(步韵松阳一贞居士张玉娘词《玉蝴蝶·离情》)

春树秋云梦远，英台贞敏，玉砌雕阑。花谢花飞，可奈鸿渐珊珊。忆青梅，霞囊纫香，操冰雪，日暮天寒。表心痕，皎皎宝镜，共跨双鸾。　　那堪蓝桥路断，佺郎唾血，归笑格存。翠袖红染，鲛绡誓泪守空鞍。碎芳华，蝴蝶归信，相思灰，寸寸飞酸。紫霜昏，鹦鹉鸣殒，千古香魂。

赵双玲 河北

张　玉　娘

烛泪涟涟夜未明，空阶孤影望残星。
诗词写罢随君去，不负相思一世情。

赵英卫 广西

读《兰雪集》

玉质兰心本色存，吟来无字不销魂。
中间多少思君泪，尽化天边月一痕。

赵志君 四川

七律·叹张玉娘

百首诗词箧底凉，红颜何以为情伤。
从来有约难成梦，却是无缘枉断肠。
兰雪空留荒陌径，繁华不认紫香囊。
偶淋宋雨惜才女，斟满闲愁叹玉娘。

甄淑玲 辽宁

蝶恋花·松阳梁祝张玉娘(中华新韵)

幽径清新闲漫步，嫩蕊飘香，蝶舞花间处。薄翼翩翩凝玉露，蝶花相恋频频顾。　　携手相邀观日暮，缘浅情深，总被红尘误。竹翠梅红鹦鹉墓，三清伴主逾梁祝。

郑丙罗 河北

题鹦鹉冢

一代红妆究可哀，碑前伫望久徘徊。
羞花漫有杨妃貌，咏絮空追谢女才。
香魂料得三清伴，愁黛当能些许开。
凭吊经年缘底事，丹贞赢得后人来。

郑力 河北

读张玉娘《兰雪集》有感

芳草长萋鹦鹉冢①，贞魂不负并鸾归②。
情深何以吟兰雪，山以高兮月以辉③。

[注释]

① 鹦鹉冢，玉娘殁后，侍女霜娥、紫娥及家禽鹦鹉皆因悲伤相继而亡，合葬于一处，名曰“鹦鹉冢”。

② 并鸾归，玉娘未婚夫沈佺病中赠玉娘诗“何当饮云液，共跨双鸾归”，沈佺知道自己已不治，只期待玉娘“共跨双鸾归”，在阴间相聚。

③ 山以高兮月以辉，玉娘有诗《山之高》：“山之高，月出小。月之小，何皎皎！我有所思在远道，一日不见兮，我心悄悄。采苦采苦，于山之南。忡忡忧心，其何以堪！汝心金石坚，我操冰雪洁。拟结百岁盟，忽成一朝别。朝云暮雨心去来，千里相思共明月。”

郑雅锟 福建

七律·松阳赞

松阳风物自瑰奇，到此尘襟洗未迟。

杖履漫追花正好，溪山颇与鹤相宜。
千年文梓今犹在，一路甘棠随处歆。
最是深情唯闾里，瓯江彻说玉娘诗。

支允琳 湖北

采桑子·悼张玉娘

松阳昔日出良妇，最是情深，祈盼温存，可怜郎君留缕魂。　　终时思念笔端下，悲戚谁闻？颠倒乾坤，来世寻君再缔婚。

钟晨烨 浙江

题松阳张玉娘

城外枫林渡，三清节气多。
轻舟银阙客，一桨碎星河。

钟茂荣 广东

沁园春·咏张玉娘

才比班昭，名动松阳，兰雪雅章。念青春萌发，沈佺相约，爱人消逝，梁祝同伤。一段愁怀，半生苦旅，两卷哀词思念长。怜衾帐，奈暗流清血，悲绝柔肠。　　沉香佩纫西厢，忆珍重天孙绣锦囊。纵茕茕孤鹤，显荣翰苑，离离双燕，望断琼窗。命薄情贞，才丰运蹇，千载芳词颂玉娘。随鹦鹉，已魂归宝镜，心许仙郎。

钟宇 江西

雨霖铃·忆南宋女词人张若琼[1]

愁生眉宇。简衣轻鬓，未损妍妩。才情几曾相让，安陵气格，章丘风度。怅说浮生无定，叹频仍阴雨。更那堪、鸳侣同行，覆辙于梁祝情路。　　怜花却见花无语。晚归来、墨砚当田亩。漫从五更听漏，须写尽、绢红笺素。纵逸今宵，悲喜无妨，雨来风去。独著就、不朽篇章，说透情无数。

[注释]

① 依钦谱，遵柳永格，用词林正韵。

周帮金 浙江

读《兰雪集》有赋

卿逐沈郎去，三清固所操。
千年鹦鹉冢，万古倚山高。

周碧强 浙江

次韵恭奉张玉娘《卖花声·冬景》

江上景销凝。一曲惊醒。青山不卖玉壶冰。八百里江东逝水，尽是春英。　　黄叶覆秋零。仰俯高棱。白云何觅上山屏。寻得毫端三尺剑，玉翠词清。

周春季 四川

读《兰雪集》有寄

写尽相思情似金，瓯江难拟意深深。
梧桐小月和愁照，薜荔清香带梦沉。
家运从来连国运，天心终不慰人心。
松阳独唱洒兰雪，冰洁高山亘古今。

周福源 安徽

蕙兰芳引·题松阳张玉娘

临海郡治，是今世、浙江南陌。有丽水名县，山拥碧城民厝。昔时此地，曾见说、玉娘凄薄。叹沈佺先逝，此际谁为遗爝。　风韵超殊，词章奇丽，绝妙于铄。当日游吴，曾说鹦鹉落。一贞兰雪，案头锦橐。更那堪、银字碎辞涟落。

周福源 安徽

七律·张玉娘

天上人间两渺茫，可堪相望各殊方。
玉楼有梦空成蝶，银海无花自作霜。
风雨连宵摧锦瑟，烟波万里隔红墙。
此生只合同衾枕，忍见啼鹃泣断肠。

周其荣 江苏

玉娘行

宋有张玉娘，玉貌出兰房。
妙笔垂才藻，意气射云光。
心抱灵钧操，欲承兰蕙芳。
读书无日夜，丝桐与情长。
少年订姻契，竹马沈家郎。
花解春风语，手赠紫香囊。
沈生登前途，金榜若神襄。
谁言罹疾患，绝笔寄草堂。

未能成眷属，九原人共伤。
女心从此结，愁见双鸳鸯。
门头畜鹦鹉，故曲传清商。
徘徊流水折，辗转夜云凉。
忽闻国势危，战乱民栖遑。
每有覃思笔，日夕就其章。
篇见飞鸿意，大漠沙尘黄。
一曲从军行，令人欲沾裳。
藻色益老健，班昭相颉颃。
吟罢仍思旧，思旧孰相将。
夜梦眼中人，空回九曲肠。
珠泪风难剪，芭蕉雨未央。
劳心转憔悴，绝粒别愁乡。
遂共沈生穴，长卧枫林旁。
鹦鹉亦同伴，名冢传松阳。
边开兰雪泉，只今犹浪浪。
幽波映花竹，千载散余香。

周荣贵 浙江

文 馆 词 章

新风疏雨透霓光，兰雪重温张玉娘。
朗朗书音穿壁过，才情便引各成章。

周胜辉 湖北

念奴娇·过松阳念张玉娘

若琼似玉，系天人天纵，天姿如画。更著情深深似海，魂共沈郎抛舍。生不于君，死求同穴，禽婢追冥下。贞文千古，谱成人世神话。　　回首莫问红尘，痴男怨女，最是多情寡。多少朝朝兼暮暮，难敌炎凉冬夏。丽水肠柔，松阳曲款，未负婵娟也。一腔清血，一腔清懿无价。

周维 安徽

忆　沈　郎

风卷残叶空枝留，相逢已隔万载秋。
青鸟不解一人念，红豆碾作两地愁。
沧海烟波隐鲛泪，巫山连理叹月柔。
天汉无垠有期尽，死生相思无时休。

周文渊 湖南

蝶恋花·张玉娘兰雪情怀

张沈爱思千古赋。梁祝悲歌，故事松阳驻。鹦鹉冢前魂绕附，潺潺总把痴情诉。　　雪洁兰香真巧喻。生不同房，死也同归赴。生命贵兮情更慕，一怀衷意人间煦！

周武忠 浙江

怀　玉　娘

愧今始认宋班超，君在浙西我浙东。
秀口羞传无限意，壮词悲透一寸衷。
沈佺若得成连理，清照可跟道二雄。
天妒英才才未尽，寒烟衰草落新鸿。

周晓鹏 浙江

咏南宋女词人张玉娘

处州才女赋诗妍，情系佺公感上天。
蝶化官塘终入望，泪凝兰雪甚凄怜。
一帘幽梦芳情寄，两卷华章侣梦牵。
休念昔时伤感事，春心未改度经年。

周晓莹 新疆

鹧鸪天·过松阳谒张若琼冢

山隔时流水避尘，松阳韵事久相闻。
千秋姓字归青史，一半才名属美人。
风月梦，病愁身，霜枫兰雪掩香魂。
孰谁解得多情苦，鹦鹉碑前拭泪痕。

周予凤 浙江

长相思慢·松阳怀张玉娘

雾锁云龙，风披松古，胜境千载流声。班姬唾玉吐凤，幽兰香溢，白雪萦盈。竹马深情，最分吟倡和，巧笑相迎。惨淡成行，向空囊、暗解珠璎。　　教清丽文章，博得攀鳞鼎甲，等列公卿。平芜燕翦，碧水鸿惊，莅飒流星。扪怀切叹，对莹园，堪比皇英。独山巅、云起云落，青葱难忘山盟。

朱纫频 浙江

深秋忆玉娘

火柿挂东墙，清溪对馆堂。
云屯门巷老，风散里闾长。
古树怀兰月，苍崖记玉娘。
情深何处叠，秋意落诗行。

朱照荣 江苏

咏 玉 娘

朱红淡抹粉香腮，袅袅婷婷莲步来。
莫道女儿娇婉弱，玉娘自有扫眉才。

朱周明 浙江

虞美人·张玉娘(中华新韵)

绮才玉手书兰雪，故事何凄切！山高月皎皎功名，怎抵双亡一墓两痴情！ 松阴泣泪流轻缓，慨慨仙芽绽。现时天眷爱中人，恰是生逢盛世梦成真。

祝仁卿 浙江

谒鹦鹉冢遗址

一截残碑无片字，两行清泪叹孤心。
伤情最是相思句，兰雪遗篇不忍吟。

邹杨 浙江

唐多令·过鹦鹉冢悼张玉娘(刘过体)

人去月凝愁，灯芯剔又休。积悲酸，病抱床头。欲待郎归终未返，兰花梦、断闺楼。　　孤冢砌成丘。前尘逐水流。一声嗟、湿了清眸。绿叶年年生复落，湮碑字、任春秋。

诗画山水

包炳其 浙江

登 独 山

千山怀古邑，鹭影入桃源。
云峰起仙阁，半岭倚天门。
混沌孤山兀，倏忽故人远。
喧鸟入林无，登临自清婉。

蔡斌兵 江西

御街行·松阳忆

玉流映照春秋意。叠岭松风起。浮舟游弋水中天，醉忘时移世易。古村小巷，飞檐斗角，朝暮铅华异。　　凌霄岚翠谁知己。才女幽兰志。《山之高》道尽相思，《塞下曲》添豪气。香魂夜静，若琼留笔，点缀星辰里。

蔡艳红 云南

松阳独山湖向晚（中华新韵）

湖碧波清柳色新，东风约水浪翻频。
双莺睡在斜阳里，只顾相拥不理人。

曹建新 江苏

水调歌头·小港溪

黛岳缠银带，翠色染云溪。若琼曾寄，故乡风月挚情兮。今日更添五美，水墨丹青出彩，生态万人迷。也曾失津渡，黑汁乱冈陂。　幸新政，崇低碳，固根基。干群协力，撸袖挥汗绿波犁。喜得氧吧沿岸，喜看漂流多客，笑语鸟鸣宜。当向玉娘告，来赋竹枝词。

曹卫东 上海

晨游松阳秘境

青山半隐入晨光，白鹭纷飞云水翔。
对此江南无妙句，玉娘诗作话松阳。

曹辛华 上海

松　阳　行

倩玉娘休入我梦，妙词鹦鹉也吃惊。
绿杉树下绿腰唱，古井栏边古色萦。
为尔建成怀念馆，请君常向诵词厅。
古装秀罢时装秀，小调嘤咛变调嘤。
月下松阴溪畔坐，诗中延庆塔心倾。
还招比萨斜阳妒，更教上方山宝灵。
塔顶何缘同伫立，木梯援手绕圈行。
弄柔花靥可盛酒，搞怪微风又晃铃。
老照片传辛苦事，新碑身刻雅芳名。
畲乡祭鼓忽然响，木板廊桥依旧清。

周权不听余号令，玉娘且劝看秋明。
祠堂影矗潺河乐，孝道诗书画壁兴。
马骏凌云当遂志，茶香诱人解安宁。
奈何梦里魂难管，又起春花叫卖声。
吓尔戏台帘幕躲，独山峰上赛歌停。

曹贞国 江苏

念奴娇·松阳

江南古韵，九州松阳地，悠悠千秋。峰岭群山苍郁翠，松荫溪上行舟。垒土黄墙，瓦灰雾薄，水细鸟鸣幽。炊烟缭绕，高腔几度沉浮。　　遥听梁祝哝情，谁人知却，恹悴玉娘愁。闺苑三清鹦鹉冢，贞孝青史名留。换了人间，碧波桥卧，汇卷八方流。对窗兰雪，举香腮月凝眸。

陈传钗 浙江

松阳·百仞云峰

秘境寻求九转丹，随云此去入乡关。
一帘时有千林翠，半壁分明百仞山。
频上瑶台归大雅，尚赊玉帐养高闲。
风帆几点潮声远，白鹭翻飞荡水湾。

陈葛钦 浙江

诗赞松阳长寿之乡

霜毛对语鹤家乡，择木悠栖一氧仓。

有蝶广营花事业，无莺不唱绿词章。
天边星拱满弦月，膝下孙围百寿堂。
欲问桃源何处是，宜居宜旅数松阳。

陈家博 江苏

梦游松阳

初秋薄暮已微凉，鸿雁长空又几行。
一路南翔息何处，梦游追逐至松阳。
白云缭绕箬寮[①]下，叠翠层峦间或黄。
憩此山林人欲醉，氧吧畅饮似琼浆。
观音望海呈仙境，瀑布飘来意兴昂。
岩怪树奇花斗艳，泉清潭静闪银光。
小溪流水扁舟过，倏忽回还泊柳塘。
鸥鹭受惊飞远去，芰荷叶动走鸳鸯。
寻声蹑迹其巢穴，原在湖边松柏旁。
荆棘掩碑风瑟瑟，肃然思绪入苍茫。
近前披草有何见，字迹分明张玉娘。
梁祝世人皆感动，沈张[②]故事痛肝肠。
情真意切共明月，《双燕离》[②]诗倍感伤。
《古别离》[②]操冰雪洁，为情而殉著华章。
钟灵毓秀江南地，贞节忠诚已蓄藏。
柳隐[③]羞夫何惧死，凛然投水不徬徨。
碧城[④]跳出私情梏，奋斗终身争自强。
秋瑾临危凭正气，秋风秋雨立刑场。
怀民[⑤]杀敌撞机殒，璐璐[⑥]投江以殉亡。
吴越古来多俊杰，风熏俗染性情刚。
感人肺腑浙南地，时代前行日益昌。

鸿雁又飞山岙去，吾心神往步峦冈。
云烟缈缈梯田上，四面青崖草木芳。
大美田园新理念，文明生态入山乡。
凭空巡视陈家铺，格局浑如一剧场。
老屋依山而构建，高低错落古村庄。
崎岖狭窄胡同路，黛瓦如鳞斑驳墙。
店铺拱桥连驿站，民居社庙古祠堂。
小溪清澈激砧石，老妪曾经浣旧裳。
六百余年流古韵，历经风雨显沧桑。
江南秘境申遗迹，世外桃源在此方。
宁静悠闲诗意处，老街古巷慢时光。
摄影旅游之胜地，网红打卡正攘攘。
先锋书店书香气，弥漫充盈到客房。
美丽乡村连网络，交通便利可经商。
回流创业挖潜力，绝景招来金凤凰。
穿越时光归故里，似曾相识自安详。
凭栏望月承垂露，庶或嫦娥泪出眶。
苦难人间今幸福，明朝生活更辉煌。
百年古树笼烟雾，拂晓雄鸡已引吭。
耳畔闹钟音乐响，东曦既驾映轩廊。
帘帏自动两边去，此刻才知在北方。
怎奈梦游时太短，老街美食不曾尝。
茶园万亩未能去，难以骑行品妙香。
遗憾司晨惊予梦，庭前叹息独徜徉。
何时再梦游丽水，耕读渔樵共举觞。

[注释]

① 箬寮，指箬寮原始林景区，是松阳县首个国家4A级旅游景区。

② 沈张，指沈佺和张玉娘。《双燕离》和《古别离》是张玉娘写给沈佺的诗。

③ 柳隐，指柳如是。

④ 碧城，指吕碧城，中国近代女词人，与秋瑾并称“女子双侠”。
⑤ 怀民，指陈怀民，抗日烈士，空军飞行员。与敌撞机，同归于尽。
⑥ 璐璐，指王璐璐，陈怀民未婚妻，浙大才女，怀民殉国后，她跳入长江殉情。

陈剑湘 湖南

古邑松阳

荫溪自古瓯江汇，拂润松风射斗光。
烟借罗浮弥岱碧，霞徘永乐济天苍。
芝兰谷逸凝珠地，水墨宣铺寄梦乡。
又见双童重负笈，云雷驭罢改沧桑。

陈亮 四川

水调歌头·咏高古松阳

县域之标本，古典看松阳。江南秘境寻遍，缘是此中藏。一带溪山映衬，四季烟霞眷恋，遗世有村庄。雨读晴耕里，慢享旧时光。　鹦鹉冢，今犹在，忆玉娘。如兰如雪情操，黎庶继馨香。长以满怀峻洁，相待八方商旅，茂业起城乡。好剧歌新世，慷慨唱高腔。

陈琳 广东

探春慢·游松阳有怀

长念松阳，石林曾住，新亭铅泪难歇。鹦鹉碑存，玉娘梦碎，凉露暮蝉凄咽。长抱灵均操，素情著、双飞鸿没。谩怜魂去迢遥，纫兰香尽成雪。　古道犹生秋草，今来为仰瞻，胜迹英杰。石壁云纤，绿荷阴老，莺嘴幽潭莹澈。扶醉倚苍竹，问松荫、何寻轻楫。日与溪山，同醒烟水花月。

陈忠远 浙江

初至松阳夜环松州大桥徒步游历与昱圻君

中道松阳县，眼前天暮云。
何须闲对酒，自可细论文。
树棘心徒惜，栽桃思不群。
此身江影里，我为脱尘氛。

陈子芳 浙江

美好松阳

山水松阳美，桃源惟此中。
得留《兰雪集》，庚续古贤风。

丁锁勤 江苏

永遇乐·松阳

古韵茶香，田园诗画，身在何处。世外桃源，江南峻岭，雾绕云端路。松阴溪水，温柔灵动，细诉玉娘才女。赛班昭，流芳百世，至今说到鹦鹉。　　明珠璀璨，山高兰雪，记取寒烟疏雨。已是千年，人文鼎盛，各领风骚去。层层村落，风情浓郁，黛瓦黄墙高树。老街上，乡音袅袅，笑声几许。

丁小禾 江苏

松阳咏叹

永不涸清泉，烹茶气味全。

侧聆悠鹤笛，挑烛话论禅。
溪浅凉苔石，斋空静对仙。
独尝诗酒意，众茗唱酬篇。

董宏霞 浙江

石门网红桥

金辉熠熠网红桥，光影交织雾气漂。
一列水帘青玉泻，满河云彩绿枝撩。
掠波白鹭谈骁健，埋首黄牛话寂寥。
逸趣闲情三故友，清茶浊酒忆华韶。

董筱岑 浙江

松阳行

知我采风今放晴，车龙一路伴欢行。
沿春摇影菜花醉，隔垄捏香梦境生。
黄宅雕棂称艺绝，双童积雪话溪情。
落红莫误樟秋意，延庆塔斜不倒名。

杜昌海 北京

江城子·古韵松阳

千年古县话松阳。水穿庄，影羊肠。古树参天、金色土墙房。屋舍田园清竹嵌，留有意，隐山岗。　　江南秘境探迷茫。步华堂，觅风光。烟火溪间、还有拱桥藏。流水潺潺寻古韵，行小径，见沧桑。

杜继凯 山东

念奴娇·松阳

相逢松古，见八山一水，青田如叶。应惜瓯江流韵溢，溪纳灵潮清澈。揽翠川湖，访龙渊洞，秘境桃源接。若琼何处，望中烟树郁郁。　　长忆仙子情歌，绵绵兰雪，闻紫香囊惬。暮雨朝云情切切，频寄相思明月。便欲吟哦，遥观蝴蝶，何用伤离别。举杯邀咏，新鸿清绝千叠。

范春荣 宁夏

过松阳（中华新韵）

龙泉别过到松阳，慢品银猴盈洌香。
满目青山环丽水，一时画舸荡南塘。
茶烟正助风骚客，竹影还联云锦章。
大谢当年游历后，诗情自此溢瓯江。

方金叶 广东

松阳卯山登眺

覆盆低拥一城宽，坚石鳞鳞披梦寒。
人去徒疑风试剑，鹤归犹慨露盈盘。
江山应许神灵在，桑海不泯黎庶欢。
今日触眸真变化，松阳古意自吹弹。

冯恩泽 广东

松阳怀古

江南秘境数松阳，汩汩清流一脉长。
峻岭三千归鹤苑，危楼十二属鸳行。
应怀赍志叶居士，忍忆殉情张玉娘。
君到浙西休感慨，至今兰雪有余香。

冯兴浪 湖南

咏松阳秘境（七绝·平水韵）

雾隐云龙青鹭舞，
遥观叠嶂见天舒。
清风眷恋千年月，
落尽星辰绘此书。

高玉梅 浙江

水调歌头·秘境松阳

桃雨莺声里，淡墨晕松阳。老街花落花著，烟火最寻常。紫燕逡巡文里，碧草萦环古寺，溪色趣何长。一拱石桥上，来往慢时光。　　兰雪韵，梅竹格，果奇章。青峰黛壑，千古灵秀璨琳琅。诗路新风涵咏，秘境山居掩映，试茗看鸥翔。小别尘氛界，沉醉水云乡。

耿振元 天津

浪淘沙·过松阴溪

桨拨水如筝，浪奏风鸣，天开云抱势相迎。我是江山新会客，万籁遥听。　　寂寞古芳名，引恨牵情，吟来兰雪绪纵横。一片秋香吹不散，满地空明。

郭星明 浙江

癸卯步韵中华诗词学会刘庆霖副会长《过松阳》(中华新韵)

爽气重来秋色新，为迎骚客到云村。
高谈尤教双眸醒，识遇昭聋发聩人。

郭星明 浙江

听部长一曲口占

秘境江南听婉约，轻歌一曲起松阳。
美声原是农家女，惊艳当年张玉娘。

韩桂云 河南

鹧鸪天・浙江松阳卯山

万丈雄峰看不真，鹤鸣长空撼心神。攀梯拾级清都观，祈福通幽紫殿春。　　归隐处，隔嚣尘。白云深处有乾坤。天师传道知玄妙，梦入仙山换主人。

韩鹏 广东

八声甘州・癸卯孟秋过松阴溪(词林正韵)

趁云开雨歇过松川，素练荡畦间。见浅滩碧渚，牛闲鹭傍，屋舍人烟。百仞孤峰独秀，涉水锁江天。风物相安好，羁客生怜。　蛙鼓晚来骤起，堰急溪尚缓，不费琴弦。若乘槎而去，能化作神仙。愧于斯、萍踪无迹，幸于斯、谋半顷良田。从长计、谷蔬适量，广种梅园。

杭中华 北京

松阳古村落采风聆听中华诗词学会林峰会长专题讲座有感（中华新韵）

拜师学艺垦诗田，名士开宗话豹篇。
舌绽莲花高见吐，经纶满腹有识谈。
炼词百种求工稳，品句千番为拓宽。
咏颂吟坛秋籁起，江南秘境韵花妍。

何鹤 北京

暮看松阳

哪管夕阳迷眼睛，黄昏入画喜初晴。
阁临高处云霞矮，峰至暗时星火明。
山影朦胧犹染色，秋波疲惫已无声。
蓦然回首诗心老，依旧天涯逐梦行。

何江 北京

松阳印象

阑珊秋韵碧丹金，初访仙霞秘境深。
悟道天师虽远去，凌空蟾阁已亲临。
箬寮苍莽应堪赏，茶海连绵正可吟。
何以瓯江泠浩瀚？需循岸畔问松阴。

何强 海南

水龙吟·秋江

几番凉雨初晴霎，一抹轻晖新酿。白鸥矫翼，黄鲈摆尾，绿蓑泛桨。谁洒丹青，层林浸染，霓虹千丈。这如画江山，似仙胜景，休辜负、堪清赏。　　惯羡渔翁放旷。任平生、淡然风浪。朝霞暮霭，春花秋月，寒来暑往。芦苇丛中，烟波深处，钓矶边上。算纷纷世事，都随流水，剩闲舟荡。

何少布 浙江

松阳古邑新吟

剩有江南秘境藏，平原千载誉粮仓。
老街古朴遗诗韵，黄宅恢宏雕柱梁。
茶岭流香云外绿，山居惬意暑中凉。
冢前凭吊怜鹦鹉，最慕情深张玉娘。

胡彭 北京

松阳行一组

晨　起

蟾阁沐朝暾，松溪听静响。
此间无恶霾，山水相滋养。

薄　暮

西岭岚烟薄，晚霞金错落。

万缘俱已忘，坐对蟾风阁。

夜　游

夜行桥垅左，隐隐出笙歌。
水抱山环处，人家暖且和。

黄斐帅 江西

念奴娇·松阳

江南秘境，揽千千绿意，松阴溪畔。嫩柳拂丝帆动处，斜倚夕阳摇晚。黄氏楼轩，梅兰竹菊，雕得声声叹。沧桑风雨，老街依旧漫漫。　吟诵兰雪诗篇，句词传意，百感登楼观。独自凭栏思故去，怎奈江湖长远。家国怀情，书香墨染，才气肩东汉。往来尘客，举提灯火千盏。

黄师联 浙江

过松阳二滩坝

三十年前到二滩，经销板料步蹒跚。
重来自驾闲游日，往事回遥泛浣澜。
碧水青天箬寮树，玉楼芳径凤凰峦。
从然行至兰溪处，俯首惊心二重天。

黄师联 浙江

松荫渡偶成

清溪飞雨杏花明，野渡横舟绿水平。

松下一翁闲自钓，空山穆穆远钟声。

纪明 内蒙古

浣溪沙·松阳

秘境桃源在水乡，古桥古树古祠堂，丽人丽景丽松阳。 老宅闲时工绣女，云山深处采茶娘，世传耕读墨流芳。

江翰彬 浙江

癸卯年六月十九日过松阳有得

八峰一脉绕松阳，古县深吟诗路长。
曾寄玉娘痴月白，近依清叶沁茶香。
风流虽是春工与，行处方知雅意藏。
翠麓参差挥醉墨，银溪灿烂落浮光。
高田盘垄晴成画，列郡通衢夜起航。
初上华灯悬峻宇，遍衔明瓦映雕墙。
凝眸且放繁星海，俯首能容异客乡。
万里云关千载梦，山城景胜在登望。

金丽红 浙江

蓦山溪·古邑松阳

江南秘境，羞掩云深处。竹影绕峰青，翠延绵、层峦叠树。秋霜醉染，霞霭沐葱茏，红枫语，诗泉涌，谁把高坛铸。 玉娘虽故，兰雪情深诉。雅韵傲云天，曲纷飞、豪情入赋。尘缘未了，经典咏流传，松阴畔，耀星空，璀璨珠光吐。

金丽红 浙江

松阴湖畔即景

松阴溪水浪花含，云影浮萍浅语蓝。
鹰嘴岩旁留倩影，鳞光闪处醉眸酣。

瞿建军 浙江

参观寨头摄影基地

驱车直向寨头东，岭上迷离薄雾蒙。
远看古居连翠碧，近观青瓦嵌灯笼。
天池不竭银河水，索道频吹谷壑风。
伫立草亭凝目望，化成诗意落笺中。

李爱山 山东

乍闻松阳悠然神往

千脉溪泉万道梁，百年石臼伴高樟。
静来不觉时光短，街巷犹知岁月长。
山笼云烟茶更翠，丹青点染马头墙。
桃源深处多丽水，身将松阳入梦乡。

李春成 江西

采桑子·渔人

云收暮雨长川静，淡淡轻烟，隐约丝弦，灯火人家笑语传。　　鱼儿兑酒渔人乐，不用凭栏，不用垂竿，偏有鱼儿跳入船。

李改香 河南

沁园春·游松阳

秘境[1]寻幽，郊野青新，画里江南。爱柳丝拂鬓，弦垂芷岸；春禽扑牖，啼响林岚。日卧苔阶，溪流远韵，数点飞花簪绣帘。凝眸处，惬茶烟拖绿，峰影沉潭。　　犀杯何故频添？饮吴会[2]遗音意已酣。况纷来商贾[3]，船灯[4]聚散；携游翁妪，社戏[5]沉耽。喜气盈眉，槐阴闲话，针稻多情织富函。心已醉，任畲湖[6]风满，惊起双鹣。

［注释］

① 秘境，指松阳县，松阳被称为“最后的江南秘境”。
② 吴会，指三国时松阳属吴会稽郡。
③ 商贾，指松阳自古便是商贾聚集之地。
④ 船灯，指松阳民俗。
⑤ 社戏，指松阳民俗。
⑥ 畲湖，指松阳的溪涧湖河。

李厚仁 江苏

沁园春·美松阳（苏轼体）

唯此桃源，秘境江南，千古典藏。看白云缭绕，山青树绿；土居错落，瓦黛墙黄。岭上梯田，林中瀑布，溪水淙淙煮茗香。悠游客，享氧吧精舍，穿越时光。　　文风浸润松阳。重耕读、魁元立殿堂。念一贞居士，风华绝代；百笺兰雪，雅韵流芳。兴学包公，执鞭文焕，洒播甘霖沐四乡。经脉贯，践复兴宏略，足步铿锵。

李家学 安徽

鹧鸪天·千年松阳

彩绘瓯江诗韵浓。千年步履正张弓。前缘旧稿痴情月，古典新吟壮志风。　　兰雪咏，梦魂通。几回魂断与君同。玉壶总把冰心护，无限相思一脉中。

李建春　山西

浣溪沙·“松阳之窗”意象

秋水盈盈一叶船。西风熏醉鹭鸶田。钓鱼歌起隔溪烟。　　几点残霞明远岫，数声疏雨洒幽轩。小楼竹影抚琴弦。

李建春　山西

浣溪沙·天元名都酒店凭窗望独山

一坐孤峰落照中。半河烟霭画图封。小舟无影忆吴蒙。　　老境雨声烹玉茗，清秋梦起听金钟。凭窗眺望古风浓。

李建春　山西

浣溪沙·夜游松阳城

意在烟波钓个闲。梦随秋色作神仙。寻踪初月小遛弯。　　半掩元明红倚绿，遥连唐宋水衔山。蝼蛄鸣路踏歌还。

李启亮　河南

水调歌头·松阳秋行

丽水风光好，最美在松阳。秋来追觅秘境，溪港挽瓯江。五里长街人涌，百载风情馥郁，古韵漫城乡。银杏氧吧里，打卡网红方。　　商贾热，松阳靓，谱新章。延庆塔耸千尺，诗赋有贞娘。词律凄清婉约，吟颂壮怀激烈，曲曲韵飞扬。兰雪真高洁，花绽永留芳。

李思奇 北京

为松阳县所作

两岸山瞑木叶愁，江船直下古扬州。
神皋薄暮临丹阙，郡邑朝歌向晚秋。
北雁双飞鹦鹉冢，西风数里落红楼。
牵牛婺女连河汉，独鹤哀鸣向古丘。

李伟春 浙江

横　　樟

地方灵秀拱三台，樟横壶天绕障开。
翰墨流芳长显曜，丹阳旧德向无埃。
山林钟鼎随真性，儒雅风骚任尔材。
一把清心同浊饮，更看檐瓦燕归来。

李新 河北

忆江南·松阳颂

瓯江路，似是旧容颜。兰雪佳词争瞩目，频留绝色在人间，好景任由观。

李秀芳 重庆

念奴娇·与松阳诗友瓯江漫步

天公当日，泼群山浓淡，几重苍碧？又染琉璃三百里，多少青青颜色？点点轻帆，疏疏烟树，历历谁工笔？凭栏而叹，一时歌涌浪击。　　许是秘境壶天，绵长文脉，易得雕龙客。细听瓯江诸子句，蕴藉风流谁敌？灵运辞章，若琼标格，清致犹俦匹。披襟乘兴，长堤都付吟屐。

李亚东　浙江

七绝·行走瓯江山水诗路（中华新韵）

野来闲逸俱怀兴，也效唐人诗里行。
竹舍坐听新雨落，洗濯春岭一层青。

梁定冠　上海

观松阳有感

星移人非秋几许，独登寺塔眺夏雨。
青翠山峰多叠嶂，云端袅袅炊烟生。
举目去往来时路，抱山环水林似珠。
云雾傍山松阳户，兰雪冰洁不曾孤。

廖原　上海

浣溪沙·梦游松阳

一阕未成梦玉娘，独携兰雪到松阳。满街茶雾蕴高腔。　　才见双童山雪白，又闻十里杜鹃香。转身小港水流长。

林志坚　浙江

松阳独山溪畔

孤峰耸立晚霞浓，影入溪流浮镜中。

水共芳洲千里绿，莺歌花岸一排红。

林志坚 浙江

溪滩捡黄蜡石忆

杏花疏雨走砂滩，柳絮轻飘淡淡烟。
晨雾蒙蒙汀上鹤，金波闪闪水中鸳。
捡石千里郊情惬，劳碌一天欣悦还。
最喜晴空沧浪畔，自寻洁玉享清欢。

刘庆霖 黑龙江

过　松　阳

巨手摩云天地新，登高次第看城村。
群山何止史前造，世上最高峰是人。

刘庆霖 黑龙江

松阳参加诗词系列活动

叩壁摩云响似钟，江南秘境看葱茏。
水边立处松于岸，山外归时月在空。
持塔[①]虚无三两日，收囊大小五千峰。
凭窗却怕说兰雪，莫使相思如犬攻。

［注释］

① 持塔，缘于以前写的“双手合成三寸塔，掌间似有万重云”。

刘少徐 广东

出松阴溪

十月行舟云水乡，如诗如画过松阳。
三千白鹭照明镜，谁是当年张玉娘。

刘子瑶 湖南

过 瓯 江

雨过瓯江水气凉，牧童吹笛倒斜阳。
牛羊远近随烟草，鸿雁东南作阵翔。

刘紫茗 江西

游松阳有感

舟随雁荡遗珠行，晓看瓯江湖中影。
红砖古道款款踱，绿茶新香缓缓凝。
鸟随云飞入古村，花伴人影浅入梦。
眼转浙西山水处，终有玉娘深深情。

卢冷夫 北京

松 阳 印 象

一

解锁田园有梦赊，群贤酬酢笔当家。
云横岭上千松静，日照溪边一塔斜。
满目阴晴开到雪，经冬红绿结成花。

诗心暗许明清巷，笑看风吹落帽纱。

二

别情雨色几萦回，扫黛窗前韵又来。
孤独山云涵阁影，松阴溪水漾鲈腮。
愧无酒力只堪醉，留取心机不必猜。
从此人生多秘境，诗中记住小蓬莱。

陆春芬 浙江

风入松·松阳情

仙家翠玉坠人间，碎作万峰连。峰生松壑松风起，轻吹溪水绿潺湲。古塔黄昏斜立，老街还续情缘。　　桃源不语涌诗泉，唱咏百千年。最怜生死盟约契，玉娘文墨洒高山。云绕香魂长在，青春更赋新篇。

吕献义 浙江

题松阳韵白雪

七彩松阳藏幽境，十景连环度暗香。
金风水色连云影，翠谷山光入野烟。
千寻摩崖谁著句，百丈磊砢我临渊。
当年居士成追忆，而今吟韵感心伤。

马双双 甘肃

松 阳 有 吟

竹影深藏古镇幽，松桢横竖贵名流。

黄墙曾记土楼老，黛瓦仍存暮色秋。
生态瓯江山岳秀，人文丽水寓居悠。
常怀词客上田去，兰雪开花百感稠。

马志强 河北

水龙吟·记松阳(苏轼体)

游人欲往江南老，山水松阳清绝。东南秘境，徘徊秋雁，授衣时节。橙子新黄，石榴正好，前来将歇。恰搅荡风云，流霆激起，吹烟雨、飞蝴蝶。　忽忆千年情别。为相思、竟流清血。沈君去后，几回梦里，音声哽咽。年少相知，今朝何愿，死唯同穴。遍寮山古堰，佳人不见，但余兰雪。

毛魏松 浙江

咏　力　溪

碧水流石间，清溪入眼帘。
能安尘事苦，道尽百般闲。

毛星兰 浙江

桃园忆故人·游靖居有感

遥遥跋涉先民勇，尤建雕梁描栋。包裔亲说横纵，闻者皆心动。　何需揣测移民痛，难忘耕读存梦。三百年沧桑弄，欣见新梅种。

毛星兰 浙江

田间逸事(中华新韵)

幽草淹行径,骄阳若火烧。
微风翻芋叶,细浪翠盘摇。
摘豆六七把,收茄八九条。
汗挥无负累,忽雨落荒逃。

蒙朝文 贵州

水调歌头·瓯江山水诗路(毛滂体)

千里瓯江水,浩浩向东流。地灵人杰,今古文运小杭州。问讯女中李杜,探访江南秘境,文运未曾休。不负若琼集,椽笔写春秋。　　飞云湖,仙霞岭,作胜游。百溪交汇,山水诗路记沉浮。笔蘸诗仙豪迈,月带坡仙浩气,把酒话银钩。眼界涵川岳,何必上高楼。

闵凡军 江苏

莺啼序·松阳瓯江游

松阳洞天福地,冠东南吴楚。红尘里、世外桃源,乐国仙隐真土。水如带、流香挟韵,兰舟彩舫闲鸥鹭。看碧云舒卷,翻成绵羊彪虎。　　羽客僧家,醉情于此,忘人生苦旅。舟一叶、皓月当空,禅心玄悟几许。绿蓑衣、桃花细雨,恰便是、渔歌真趣。地脉灵、山水和鸣,千年诗路。　　松阴溪畔,岚翠凌霄,清波绕芳树。抬眼望、重岩叠嶂,崖壁青屏,静影浮光,白鹭飘羽。高山云锦,红霞燃火,凌波微步多娴静,沐春风、王母瑶池妒。茶园寄梦,清香萦绕农家,满目珠帘云户。　　钟灵毓秀，兰雪清辞，出绝尘才女。并漱玉、词林四侣。倚马完篇，信口成律，堪比咏絮。冰魂雪魄，诗含长恨，离痕红浥鲛绡透，漫相思、和泪伤淹赋。而今千里瓯江，满月清辉，玉娘知否？

倪松圳 广东

游松阳万寿山（平水韵）

万寿山头碧玉泉，石莲屏下草芊芊。
青藤架壑何年树，绿笋穿萝尽日烟。
野鹿曾侵云外路，老僧长说事空田。
如今胜景谁人问？落叶飞霞夕照天。

潘泓 北京

好事近·暮游松阴溪湿地

清浅一溪流，流到韵乡词国。隐约水禽三五，伴钓徒游客。　　天工人事共娇娆，道路绕皋泽。摇曳软风柔雨，有柳杨芦荻。

潘泓 北京

踏莎行·松阳县城晨景速写

楼拥林峦，山围花坞，松阴溪水来何处。淋漓颜色画初成，白云满壑来还去。　　一缕阳光，几声禽语，绿谁铺展红谁举。樟楠叶上露晶莹，晓风吹过王维墅。

潘惠华 浙江

国宝秋沙鸭松阳过冬

春去冬来两处家，稀奇羽冠惹人夸。
悠然觅食溪中乐，鹰嘴潭边伴晚霞。

潘惠华 浙江

松阴溪绿道清晨掠影

清波云影霞光染，绿道蜿蜒满树荫。
浣女惜晴传笑语，钓翁闻早恋松阴。
玄蝉自在欢歌唱，白鹭悠然美食寻。
健步骑行晨练闹，动听时曲绕芳林。

潘惠民 浙江

松阳力溪湖

结伴采风去，力溪佳境游。
朱亭连碧树，白鹭逐兰舟。
象鼻湖中戏，金牛潭底休。
云烟微带雨，水面更清幽。

彭金华 浙江

念奴娇·瓯越松阳

象溪曲路，见山茶园圃，双童神立。延庆塔斜延岁月，记得名街南直？万壑争流，千峰凝翠，寮谷漂流急。黄家三院，尽江南木雕刻。　　樟树连理夫妻，玉娘无奈，梁祝凄情历。愁寄诗词弦断绝，黄鹤楼中吹笛。鹦鹉声悲，双娥呜咽，操节如松柏。喜今瓯越，水清云白山碧。

钱明龙 浙江

松阳行(通韵)

风景探芳何处去？松阳秘境好清闲。
塔溪绿涨云茶闹，田野黄翻蜂蜜鲜。
黛瓦乡村轻入梦，甘泉茗露醉成仙。
今生此地一回走，不枉人间住百年。

钱明龙 浙江

松阴溪畔(中华新韵)

碧野田园风景好，条条白练舞蹁跹。
秋鸭[1]恋水何知返，鹭鸟亲溪不晓眠。
远看花红盈玉岗，近瞧茶绿遍瑶田。
清泉壶盏香茗把，漫步悠闲胜逸仙。

[注释]

① 秋鸭，指中华秋沙鸭，被列为国际濒危动物。

阙周理 浙江

古邑桃源岁月悠(中华新韵)

古邑桃源岁月悠，松阴两岸景观留。
仙阁[1]云路接天宇，宝塔[2]凌空地脉优。

堤柳迎风飞语燕，园林蔽日隐啼鸠。

江南秘境春光美，水秀山明画卷幽。

［注释］

① 仙阁，指蟾峰阁，坐落于松荫溪畔的百仞山巅上，因山体似伏蟾而得名。

② 宝塔，指延庆寺塔、青蒙塔。延庆寺塔位于松阳县城西郊2公里处，北宋咸平五年(1002)建成；青蒙塔，也称青云塔，坐落在青蒙山上，明万历年间兴建，原为“松阳十景”之一。

任武德 甘肃

沁园春·松阳怀古

卧枕屏山，抱膝寿峰，挽袖瓯江。望画廊百里，桃源古邑；练溪九曲，畲寨仙乡。划袜松溪，缘逢龙脉，翠竹清风弄瑟簧。凝眸处，看鼎湖春笋，直插云苍。　　轩辕遗迹松阳。敬才女、千秋载玉娘。更冰阳题字，乐天挥笔；伯温虎略，粟裕韬煌。赏悦清心，梵宫问道，对月琼台品茗香。去难舍，醉烟花烂漫，无限风光。

芮强 天津

松阳古十景(平水韵下平九青)

自古松阳十景铭。望松夜月数魁星。

云岩石屋天成壁，石笋仙踪地就经。

雨岭凌霄岚翠赏，云峰百仞浩涛聆。

塔溪绿涨连天水，古柳池鱼跃白萍。

春色梅墩傍寺塔，山遥甘露倚邮亭。

双童积雪相依影，万象千姿列画屏。

松庐 浙江

秋日松阴溪晚行

新霁松溪碧玉流，暮云招我共清游。
兰烟淡荡青龙浦，红蓼繁开白鹭洲。
纤芥应无经眼底，故人忽有过心头。
此身如秋水，不达三山自不休。

松庐 浙江

书 怀

处郡风光自古奇，今来不见旧亭池。
秦郎风雅差监酒，范守通淹立堰碑。
行健岂忧途路远，忘归未觉鬓毛衰。
定当极虑安民事，偶有闲情学课诗。

松庐 浙江

寓 松 阳

秋江萍梗客天涯，烟水悠悠感物华。
几重松云鸣野鹤，三清兰雪落梅花。
霓裳罢舞仙宫静，舍利袭藏寺塔斜。
翠叠乱山堪避世，桃源深处好安家。

苏桐 黑龙江

水龙吟·谒一贞居士故乡松阳有怀

鹧鸪拜月疏林宿，乌鹊穿云迟伫。朱颜未老，问君何暮，若琼久旅。魂梦匆匆，松阳兰雪，飞鸿遵渚。旧瓯识新舟，风双鸾偶，乘龙婿、张家女。　　似共清明酿雨。镜中人、春知栖处。江南小住，香茶青粿，酬逢节序。鹦鹉凄凄，三清悲殉，泪侵娇语。上河图画里，长街犹在，少年俦侣。

唐馨宇 浙江

登南明山有感

宝塔登云涧，山川聚气灵。
钟声传黛绿，竹影递馀馨。
薄雾留君驻，清风画我形。
此行真如梦，数日未曾醒。

唐信明 江苏

游松阳逢秋雨

清江水墨逢秋雨，陌色苍茫掩小洲。
残雾轻纱遮万壑，板桥廊下看溪流。

涂新明 湖北

江南秘境（平水韵）

杉林绕雾隐山庄，涧水穿村暑客凉。
彩练缠峰延富路，春姑秀岭振茶乡。
词温兰雪玉娘觅，石拱桥藤古典藏。
世外桃源民宿地，江南秘境看松阳。

王朝阳 浙江

临江仙·咏松阳

何处桃源山水丽，江南秘境松阳。云横花抱万千妆。烟霞吞日月，百里尽春光。　　游客心归沉醉也，他乡即是吾乡。淋漓画意共飞觞。轻舟谁与共，一路是诗香。

王发来 浙江

漫步松阴溪畔

两岸清风拂翠柳，一溪碧水映云峰。
双童宋塔遥相对，耳绕江滨歌舞声。

王纪波 安徽

浣溪沙·松阳

家在浙西青绿间，黄墙黛瓦白云边。高腔声里不知年。　　玉映清心兰若雪，风生瓯水鲤浮滩。一篙撑出杏花天。

王骏 浙江

松阳登高所见

四面青山列画屏，云舒云卷未曾停。
只缘日日白云抹，山在松阳分外青。

王人勤 浙江

松阳文化名村界首

界首御名笼，人文历史丰。
赤溪挨廓过，万寿隐林中。
姑舞广场乐，翁行对弈匆。
饮茶廊庑座，紫气艳丹枫。

王瑞 陕西

满 江 红

才过松阳，竟萝屋、前邀后迓。渐小桥、香枫荐水，一般流泻。谁引霜溪过秀野，远翻星斗成奇卦。正朝云、商略婺山明，浑无罅。 青石路，长消夏。清风想，林泉价。更去来何事，殷勤鸪鹧。好鸟悠然飞下也，可能到此思桑柘。但水村、不语对烟波，千秋者。

王少君 浙江

访法昌寺（中华新韵）

迷途久滞恨淹淹，方寸灵台惑大千。
宝相妆前参宝相，庄严殿内悟庄严。
怀贞怎奈周身事，顶礼谋求半刻闲。
懒向清流自珍重，不学俗世苦缠绵。
可怜无尽真如处，堪痛空抛般若篇。
意气将残拟修道，尘识未断试说禅。
壁中梁柱水中月，世上繁华陌上烟。
否泰玲珑浮胜景，乾坤锦绣病良言。
是非乡里是非乱，何必潮头叹路难。

王少君 浙江

松阳印象

一弯绿水绕区行，云锁平阳雾锁城。
数点苍山接天翠，瑶台梦境此间生。

王顺 四川

玉女摇仙佩·咏松阳

松阳踱步，朗日幽风，短驿长亭如故。一带清溪，三春浮梦，引得蹁跹鸥鹭。试作闲情赋，眺烟云叠巘，难分朝暮。入青翠，茶园万亩，惟有深交浅酌堪诉。看农叟耕耘，鬓雪肤铜，殷勤直付。　随读玉娘翰墨，款款情丝，细把诗词描叙。题画空灵，通明书史，怎忍柴扉炊妇，纵使餐甘露。又催得，多少边疆征戍，但寄取，瓯江似素。鸳鸯成伴，折回同渡，稍停驻，投波缱绻真无数。

王松华 浙江

卜算子·忆松阳

江南觅幽芳，月下松阳道。曾叹琼娘独彷徨，清逸花容姣。　无染更高情，悲怅凝春貌。行尽云尘终难留，寂寞寮山渺。

王天明 河北

水调歌头·大美松阳

秘境江南隐，神韵沐千年。松荫溪抱，村落三五幻如烟。黛瓦黄墙之侧，不晓何朝古木，百鸟正谈天。烦恼泯于此，始信有桃源。　光阴转，耕读画，静流传。越风携绿，似浪奔涌出茶园。最爱家山灵秀，尽化文姝情愫，《兰雪集》成篇。世代知音诵，清响涤人间。

王万军 甘肃

浪淘沙·雁荡龙湫

百丈落湫垂，秋雁徘徊。眉峰凝聚绣成堆。无际空濛云半岫，水入山隈。　　龙自挟风雷，涤荡尘微。围观柯烂读喧豗。留恋青冥人世外，勿道还回。

王昔君 浙江

游　松　阳

秘境江南何处寻，千年县域始登临。
黄家院里悬仁义，延庆塔前斜古今。
天上人间羽衣曲，山高月小玉壶心。
松阴溪畔经行遍，文史如风快一襟。

王晓冬 浙江

高阳台·松阳

溪逐松声，云垂绿岫，天然山水成图。阡陌参差，斜阳浅照乡途。桥横碧涧苔痕细，向老街、几处园庐。有丛花、香曳林泉，照影清渠。　　临波坐饮茶烟翠，品江南故事，古意盈壶。恍惚千年，若琼小字如初。春风桃李人何在，梦易寒、渺渺愁予。感芳词，兰雪情怀，旧梦如如。

王晓辉 黑龙江

水调歌头·松阳游

古邑何方觅，丽水问松阳。千年无改汉貌，惇朴鉴沧桑。画阁镂空岁月，青石磨平屐履，风雨又何妨。兀自留真色，世事任炎凉。 值枫林，濯兰雪，叹玉娘。才丰运蹇，叵奈一诺结愁肠。匪石之心难转，竹马之情不弃，岂肯隔阴阳。万载坚贞树，惊艳了时光。

王榆林 浙江

意难忘·松阳县(词林正韵)

虎跃中原。水稷如山聚，高鬓星垣。松阳倾世舞，肝胆两相关。端酒去、意难还。天下举云间。又如何、春雷纵横，香透长安。 银针渐渡霄澜。万世终一汇，雨灭重銮。仁心皆锦绣，荷叶御连环。何会错、断弦连。黄河万千言。玉烟尽、大江日月，豪气潺潺。

王育林 浙江

浣溪沙·松阴溪绿道

水影独山溪似湖。青龙古堰百年书，蝉莺重唱鹭群凫。 绿道清风行万步，驿亭香茗品三壶。田园美景比苏吴。

王跃东 山西

三台·独魅松阳

悦松阳锦绣仙色，古典神迷幽茂。入氧吧、亦醉亦天然，芳逸逸、沁倾灵妙。白云外、一碧瓯江去，怡旖旎、淡泊渔鸟。宜载梦、出海徜徉，压星粼、畅吟《鱼藻》。　　望八山一水清绕，百舸千秋烟缈。远近中、翠处见分田，闻窈窕、在茶园笑。回眸下、诗意牵着画，伏郁郁、与花谁俏？思秘境、无愧江南，尽风流、九州独好。　　看人文荟萃深笃，骚曲娇娇怀抱。倚月空、莫未已消魂，凝皓淼、厚得凡道。依依在、对影而三唱，酌烁烁、共同光耀。绝叹久、不夜之珠，降尘间、趁春争皎。

吴斌锋 广东

望海潮·松阳秘境

云间书店，江南秘境，瓯江雨画烟廊。藏竹海龙，杨堂卧虎，幽庄民宿街坊。峭壁独山窗，锦绣天梯稻，气派无双。古堰云樟，缙牛仙境舞张狂。　　红尘厚重流镶，旧宫墙善应，紫陌芳香。龙圳北桥，青田马道，五环锦悦荣光。兰雪映哀伤，千古人情美，孔雀鸳鸯。丽水如今更艳，前景胜朝阳。

吴莉梅 浙江

春游法昌寺

春暖花浓艳，闲游狮子山。
龙吟深水里，虎啸密林间。
缈缈香烟绕，悠悠钟鼓传。
风清心境爽，幽静好参禅。

吴莉梅 浙江

界首船形村

棹船天降彩云融，化作山庄逐日红。

德被苍生溪水治，功垂奕祀禹王宫。
长庚献瑞人长寿，积善流芳官积忠。
村景新奇言不尽，梅兰竹菊变清风。

吴丽美 浙江

诉衷情令·咏松阳山水人文（平水韵）

碧萝疏透点茶香。云锦润松阳。箬寮奇峰延庆。古道映流光。　　兰雪梦，绕幽堂。枕鸳鸯。怎思离别，三清绝丽，尤念华章。

吴晓梅 浙江

松阴溪畔

寥阔江滨石错横，浓荫苔径步犹轻。
且随莺语凭高处，听取惊涛拍岸声。

奚仁德 江苏

松　阳

水润松阳生翠色，客行古道惹乡愁。
归舟摇起天边月，落照捕来额下眸。

谢海东 江西

苏幕遮·松阳秘境古道行

入幽林，回路缓。野竹穿风，板石长途晚。驿外瓯江流碧浅。几渡汀桥，涧水青峰远。　　隐江南，清画婉。古屋黄泥，黑瓦浮阶院。只识人初颜未变。遗世芳华，居此君常羡。

徐吉鸿 浙江

读 松 阳

轻翻兰雪读松阳，清妙风情魁可当。
岩上流溪如白绢，花间舞蝶逐红妆。
柳莺啼破槐安梦，春雨催肥竹笋香。
爱此烟霞千载胜，一杯新茗作吟觞。

徐军 安徽

记 松 阳 游

云雾浩渺映翠山，风波和畅拂丽水，
松影婆娑倚碧江，塔尖耸立吟凤鸣。
月何皎皎扰相思，山之高兮心悄悄，
共跨鸳鸯渡水去，此地空余闲人嗟。

徐友松 浙江

松阳之窗（中华新韵）

松古平原聚宝盆，阳光照处暖意生。
之江瓯越神仙地，窗口展出万物荣。

徐玉梅 浙江

吟 松 阳

秀美岭云高，山河分外娇。
千峰腾雾浪，万壑响松涛。

特色昭天下，茶青沐浴泡。
诗朋行梦里，碧水涌春潮。

徐中秋 浙江

一剪梅·漱玉泉怀古

思妇愁来写意真，漱玉泉清，漱玉词新。闺中端的忒多情，不是怀春，就是伤春。　　南渡仓皇避乱秦。国事飘零，家事仓神。梧桐细雨夜沉沉，苦了斯人，成了词人。

杨凤清 云南

松阳怀古幸今

高腔浓溢云乡古，百里茶香醉宋词。
兰雪佳篇空望幸，玉娘恨爱不今时。
杜鹃展梦接天瀚，商肆绵情戴月炊。
错落遗风存野性，松阴叠嶂秘源逶。

杨锦程 湖北

寄　松　阳

八横帷嶂拱星斗，一贯瓯霖润古池。
拈过湖波吹叶白，夹来玉镜照宸垂。
泪红暮落巫山雨，云紫朝飞鹦鹉碑。
已化兰雪香涧树，那休短芥对长思。

姚蓉 上海

浣溪沙·再至松阳

贪看松阴秋意清，白云深处垄头行。一时山雨一时晴。　　遥忆玉娘赓宋韵，又登古塔有新朋。归来诗酒订鸥盟。

叶传凯 浙江

松阳界首文化古村

依山傍水古村庄，驿道官商客路长。
糙叶树前追往事，禹王宫上感沧桑。
松川锁钥儒风在，崇学效贤文运昌。
怀德里居逢盛世，彭城旧宅焕新光。

叶祥盛 浙江

甘 苦 同 杯

一芽二叶三杯饮，四海相逢论道经。
冲泡沉浮轻拂末，休心去恼闻茶馨。

臧国华 浙江

松　阳　行

江南存秘境，设县两千年。
峻峭青云立，逍遥白鹤翩。
箬寮飞瀑布，峡谷驻神仙。
老树摇朝雨，清流带夕烟。

真人庄子梦，玉女薛涛笺。
松荫怡双目，竹林怀七贤。
百间融洽显，三代俊才眠。
铁店储明火，街途铺汉砖。
民居多古色，祖庙亦严然。
大木茶园妙，中秋皓月圆。
桃源何处觅，砥砺谱新篇。

曾金美 浙江

麦香上河（中华新韵）

飘逸纤凝犹走马，清风拂面感微凉。
盈眸一派丰收景，麦浪千重金灿光。
晴朗天空飞紫燕，青葱草木伴夕阳。
沃畴无际沧渊阔，阡陌畦畦秸秆香。

曾入龙 贵州

沁园春·松阳印象

箬寮烟青，卯山月白，恍在蓬瀛。任力溪湖上，一泓流响；金梁堰外，数鸟飞鸣。桥影摇波，船灯照夜，千里瓯江万古澄。清心处，有二三茶事，几杵钟声。　　浙西形胜天成，此独占、七分秀与灵。正石塘过眼，峡风卷雪；四都入梦，云海浮冰。屐蹑双童，筇扶界首，身向松阳行复行。蹬蹀久，看隐泉汩汩，龙瀑腾腾。

曾小亮 湖北

桂 枝 香

松阳境秘。谓古舍貌佳，风土承继。别处村群入画，夕笼山水。徒行越野流云下，望青天、群岭苍翠。泛舟湖上，清新自在，地灵人慧。　　忆往矣、英豪辈起。若可论才情，玉娘文贵。如玉行操，幸有雅词书志。历来美作留人世，不惶茕茕数余岁。后来吟诵，时时惜叹，此般才识。

曾鑫 四川

沁园春·读张玉娘诗有感而题咏松阳景色

城疆畛中，旷野峻崖，莽原丰田。有奇瑰景概，姿形万种，娇妍花树，绮色纷繁。天籁飘吹，几分料峭，零落愁春恼薄寒。却怜见，似素兰皓雪，清泪飞鸳。　　故乡无此湖山。料应是、藏遗境世间。唤神仙谪降，此生尘块，武陵重访，当世桃源。如月销魂，若琼高洁，不为人寰秽琐缠。且听取，古来吟哦语，胜却浮喧。

翟红本 河南

水调歌头·松阳放吟

变是好生活，不变是风光。江南秘境寻处，心已属松阳。坐话溪边飞鹭，想见山头积雪，胜似晋渔郎。思绪越千载，豪气满胸膛。　　端午茶，新来醉，唱高腔。此情频惹，张家才女笔锋忙。捧日霞天万里，逐梦云鹏一跃，鼓点正铿锵。愿卜田园宅，诗酒月成双。

张金凤 湖北

鹧鸪天·走进松阳

踩着溪声入氧吧，万千林鸟叫喳喳。茶山笑拥风流客，歌女抛来蝶恋花。　　迎玉露，摘精华，诗情画意接天涯。网红直播仙居里，幸福源源带进家。

张金果 江苏

登松阳卯山

浮云卷尽斜阳晚，翠影参差已夏深。
涧水寒催应久别，山蝉声咽苦相寻。
南风不解少年事，羁客何曾游子心。
且饮花前千日酒，一樽怀古更登临。

张琦 陕西

满庭芳·松阳（词林正韵）

千载繁华，松阳人物，最堪唐宋风流。七朝仙箓，太上总相留。惊有玉娘词翰，易安后，重问西楼。耽佳句，石林燕语，碧树已惊秋。　　春波三十里，溪流深处，湖密林幽。叹箬寮云天，红日楼头。幸甚老街迤逦，流连久，几处酣游。茶和酒，凭窗对雨，望古塔清悠。

张小芬 广东

印象松阴溪

十里清溪日夜忙，秋风两岸送金黄。
白云片片随流水，写入瓯江诗画廊。

张晓明 浙江

西江月·美丽松阳

逸丽松阳秀婉，田畴葱绿无边。镰锤掌舵富长川。瓜果应时挑拣。　　旅客抬头喜见，嫩茶欣悦翩翩。播金种玉保丰年，盛世龙宾牵恋。

张亚辉 河南

松阳即景

四面山光围不住，江南秘境破云开。
溪声正把诗推出，棹影时将画送来。
圆梦续吟《兰雪集》，遣词愁坏玉娘才。
多情最数穿花鹭，直挟灵犀到故台。

张朕 四川

松阳行(平水韵)

绿隐烟村秋盛妆，翠茶清香染袖裳。
环山碧水景辉明，袅袅云烟鸿燕翔。
雨润茶园馨香浸，一贞故居思玉娘。
时人予以班昭名，兰雪钟情哭孟姜。

赵安民 北京

江南秘境松阳行吟

高铁飞奔向浙江，原生动画映车窗；深秋故国诗情染，一派青红杂浅黄。

无垠画面紧推陈，沃野良田块块新；妙笔生花图绚烂，勤劳画手是农民。

远方山上雾蒙蒙，转动悠闲三叶虫；大自然中谁力大？风能点亮万家灯。

秘境松阳韵调长，山居杂咏绕瓯江；良宵幸会金秋夜，举酒欢歌对颖娘。

一曲深情声绕梁，美音柔韵唱松阳；芦花漫漫秋光好，直把颖娘当玉娘。

诗人高调数南华，举酒昂头不见他；吟唱悠扬苏子调，风流倜傥不虚夸。

黛瓦白墙石板街，江南秘境岂浮夸；毛毛宏记飘旗梦，字号谁言老旧些？

弱水潺潺张玉娘，当年楚楚恋情殇；至情入笔松溪淌，兰雪晶莹遗韵长。

诗学法门加力量，思维跳跃崇形象；宽屏课件导图新，满座无声听授讲。

诗馆新开纪玉娘，纸书光电满楼墙；荧屏指点图文显，看得曹郎恨沈郎。

不见当年延庆寺，千年木塔斜犹立；独山远对映松江，北宋斗拱谁能比？

秘境追踪山里行，摇头摆尾满车惊；黄墙瓦屋山洼聚，溪涧横坑景物灵。

谁唱新声按古弦？一台节目尽青年；诗词大会冠军领，评点争夸尽美言。

地杰人灵或有缘，玉娘兰雪独堪怜；江南秘境探诗境，会议匆匆各建言。

流觞曲水领风骚，生态诗词树帜高。绿水青山依旧在，千年再看浙江潮。

赵凯龙 山西

金缕曲·我梦松阳

君爱松阳否？看吾来，青山身左，白云身右。留恋风情谁人问，沉醉一时如酒。松阴水，粼粼依旧。踏上独山惟放眼，啸长空，谁与红尘诱。惊此处，好时候！　　水光染我衣衫透。忆当年，妙词几阕，玉娘挥就。无限相思何方寄，定了终身厮守。月出小，啼红染袖。今日满城黎庶笑，酒与诗，玉露金风又。揾热泪，思长久。

郑金元 浙江

松阳·凌霄岚翠

翠压瑶台气象雄，烟霞无意漏天容。
灵岩隔断凌霄殿，松径寻来送客峰。
一曲清音招隐士，三山胜境见仙踪。
青溪可铸芙蓉剑，崖下徘徊听晚钟。

周帮金 浙江

闲话松阳(中华新韵)

遗世千年名古市，溪边百仞号蟾峰。
唐时道士罗浮叶，宋代词人张若琼。
两岸一江华庶地，南新北异奋劳容。
要闻才俊今何在，石堰青白蜕骨龙。

周光瑞 浙江

松阳·望松夜月

沧海澄清天染红，随云几度向西峰。
数声撞出林中寺，一赋敲残岭外松。
山色可成金翡翠，潮音偏引玉芙蓉。
千寻秘境秋风爽，独与芳菲访旧踪。

周荣贵 浙江

千古松阴

昼望岚峰浮碧树，夜观溪水映流星。
金蟾[①]虎踞玉盘地，白鹭穿梭翠柳亭。
词女若琼[②]诗赋洒，天师太素[③]授音经。
清江响铙右丞[④]颂，四塞桃花元用[⑤]铭。

[注释]

① 金蟾，指松阳独山。
② 若琼，指南宋女词人张玉娘。
③ 太素，指唐朝天师叶法善。
④ 右丞，指诗佛王维。
⑤ 元用，指北宋状元沈晦。

周荣贵 浙江

松阳夜色

灯火连云照夜空，珠光倒影染江红。
明清古道雕麟凤，元朴门前剪纸童。
舟系柳林吞细浪，凫浮水面啄鱼虫。

湖边舞动声生律，隔岸弹吹曲带风。

周文潇 陕西

七律·松阳颂(中华新韵)

江南秘境有知音，百代耕读醉客尘。
世外桃源长寿地，人间绿海万福村。
盈盈笑语出茶铺，楚楚溪山入寸心。
赵宋玉娘兰雪韵，还吟岁岁满城春。

周晓鹏 浙江

菩萨蛮·松古晨曲

莺啼牛背晨光曲，波亲鹭羽茶园绿。牧野水光明，田园山色清。　　松阴秋水慢，孤雁斜飞远。满地落英红，伊人情更浓。

周知 湖北

减字木兰花·瓯江行

半山云雾，昨夜瓯江飘细雨。碧水悠悠，两岸人家散若舟。　　江边漫步，花落花飞花不语。落在肩头，落在行人梦里头。

朱广平 江苏

浣溪沙·诗乡松阳

兰雪诗词凝泪眸。几分掩却几分羞。吟坛竞秀写风流。　　诗路瓯江迷璧月，词山大木醉金秋。人间仙境任君游。

祝仁卿 浙江

水墨松阳(平水韵)

乡愁何处寄乡关？到得松阳不欲还。
细拾苔痕古村落，漫寻蝶梦绿茶山。
两溪珠玉流清韵，一卷丹青覆旧颜。
兰雪新词调应改，相思好赋水云间。

松阳胜迹

蔡爱黎 浙江

一剪梅·松阳延庆寺塔

千里晴川塔影投，梅伴清游，僧伴清游。青山依旧夕阳红，菊约中秋，人约中秋。　　松径逍遥发棹讴，恨在心头，喜在心头。一溪一曲桂花香，去也风流，来也风流。

曹辛华 上海

访松阳延庆寺塔

一

寺塔忽然冲我倾，斜阳红脸笑多情。
谁将塔影寒塘浸，压得斜阳也喊停。

二

痴情陡令塔身倾，何日重逢花笑迎。
塔若昂头幽梦里，今生不枉画中行。

三

心正塔身何不正，脸红花影落阳红。
塔迎我到腰倾久，花盼君吟心曲同。

陈葛钦 浙江

一代天师叶法善有怀

三代悬壶钦有嘉，杏林春暖自无暇。
山深采药篓披月，日暮研丹身卧霞。
力固龙基名海内，心关民瘼志天涯。
仙风道骨精医术，脉辩沉浮国与家。

陈葛钦 浙江

咏松阳延庆寺塔（中华新韵）

阁无一面不春山，大宋遗风岂改颜。
雄挺西屏昌地脉，高参北斗焕文澜。
塔铃时响毒龙制，舍利间藏乱象端。
有角有棱长正己，一阶一拱也量天。

陈水根 浙江

登蟾峰阁

松烟竹霭映霞红，衬托青峰气势雄。
溪绕孤山添雅趣，桥横两岸助云风。
林坡万树临幽径，峭壁千寻立紫穹。
鱼戏蓝天人共舞，桃园胜境玉盘中。

陈水根 浙江

黄家大院

望族名门世代崇，雕梁画栋夺天工。

梅兰竹菊迷宾客，雀鹿蜂猴醉眼瞳。
百寿厅堂称绝笔，千秋院落溯元功。
幽深古宅藏春韵，豪气依然傲碧空。

陈吾军 浙江

咏松阳明清古街

千年坊肆韵深藏，霄巷花飞酒旆扬。
星转廊楼灯火静，香飘馆铺绮肴彰。
思萦今古听箫鼓，梦入明清幻海桑。
取次长街银夜好，归来月色满诗囊。

陈吾军 浙江

咏松阳延庆寺塔

一塔魏巍摩碧空，沧桑经历古今雄。
千秋风雨迎无恙，独镇松阳浩气彤。

陈忠远 浙江

过延庆寺塔所见漫兴[1]

西屏秋日好，我自识苔斑[2]。
浅碧随风漾[3]，斜红拾级攀[4]。
云龙延庆塔，沈晦上方山。
谁说字讹里，松门何用关。

［注释］

① 其间碑刻诗句，窃以为颇有讹误者。

② 苔斑，指苔藓丛生如斑点之状也。唐人羊士谔诗："苔斑自天生。"唐人白居易诗："苔斑钱剥落。"

③ 随风漾，宋人赵希逢《和藕花》："千重倚盖随风漾。"清人陈维崧词："指春竿、百尺随风漾。"

④ 拾级攀，清人弘曆诗："至止高峰拾级攀。"又《素尚斋》："拾级犹饶百步攀。"

程丽平 浙江

西屏老街"网红面"

斜阳夕照老街长，古韵风飘面里香。
一碗牵情寻此地，陈年故事味中藏。

程丽平 浙江

延庆寺塔

沧桑阅尽去匆匆，塔院千年佛眼中。
景落七层斜只影，云回六面拂长风。
尘根静对心神旷，古意高临气势崇。
黛色楼痕存远韵，相逢一遇见天工。

程丽平 浙江

鹰嘴岩

青山突兀石如鹰，仰望云端浩气凌。
独守松阴江岸道，千年辨眼阅衰兴。

程允清 浙江

延庆斜塔

延庆新村古迹痕，云山起舞卧龙存。
镇天佛塔金光耀，历尽千年看后坤。

董宏霞 浙江

兰雪诗友聚会延庆书院

深隐大荒田，甘霖何沛然。
藏书千万卷，对话古今贤。
屋老圆乡梦，窗明调素弦。
流觞浮曲水，射覆各争先。

董宏霞 浙江

松阳独山青白双龙传说(中华新韵)

危峦独秀决云雾，松古图腾百仞峰，
蹲守一溪祥瑞现，豪吞二气应龙生。
风尘簇簇春来去，鼓乐喧喧势纵横。
缚住双蛟化堤堰，清流鸣响唱年丰。

董筱岑 浙江

卜算子·松阳延庆寺塔

伟岸见分明，行达禅师迹。舍利西来镇寺灵，宝塔千秋翕。　招得一方云，荫富田川泽。登上高层望古城，处处流新碧。

樊敏青 浙江

登松阳独山

蜃阁耸苍穹，蟾峰映水中。
径盘奇险壁，松啸浩然风。
入画流清润，临溪势独雄。
登之通上界，雾卷去天宫。

樊敏青 浙江

谒松阳延庆寺塔

佛塔耸云空，遥经旷古风。
天花吹半落，舍利隐其中。
不倒留名迹，微斜似醉翁。
霜欺和雪冻，依旧气豪雄。

傅瑜 浙江

再咏松阳黄家大院

明清格局展风姿，艺术殿堂惊伟奇。
翘角飞檐神技绝，抬梁穿斗匠心施。
雕工精美千秋韵，寓意深长万古诗。
不朽山乡誉中外，一帘绮梦化新词。

高文星 贵州

游村台上

柏油映河溪，春雨入西屏。

村野袅烟起，陌上杨柳倾。
白鹅鸡犬吠，池塘稻鱼惊。
青石采晨露，静坐赏前庭。
琼花扶萧瑟，君侯夜送情。

郭星明 浙江

登延庆寺塔有感

斜塔登临景正明，千年松古尽峥嵘。
青山绿水处州事，生态于今喜大成。

杭中华 北京

登松阳独山蟾峰阁远眺有怀

层峦叠翠绿荫容，峰谷高低各不同。
霞彩流光云雨隐，登临望远半仙中。

郝泽文 新疆

长相思·题松庄村

流烟腾。似飞琼。深竹苍山云露凝。环村碧涧清。　　拱桥登。鱼秧惊。红掌搔头野鸭嘤。波光翻绿萍。

何成根 浙江

箬寮原始林

箬寮春到笑容妍，千亩森林笼薄烟。

万步石阶登胜景，九霄楼阁隐神仙。
杜鹃花海游人醉，香果树波宾客跹。
强体健身好环境，专家学者润诗田。

何鹤 北京

松阳独山蟾峰阁

戴月寻幽汗水咸，谁携朝雾漫垂帘。
阁因踞顶频经雨，峰纵知名犹借蟾。
旧梦深沉山更睡，流云浮动手轻拈。
何人能解登临苦，初日徐徐诗兴添。

何鹤 北京

延 庆 寺 塔

往事回眸俯仰间，久经劫难日高眠。
砖基失助居中老，身影无辜向后偏。
万里江山知佑主，千秋风雨敢擎天。
何堪多少王朝去，史海钩沉惟自怜。

何江 北京

明 清 古 街

问罢独山未得诠，松阴溪畔几云烟？
木楼经雨沽陈酒，铁铺挥锤锻旧篇。
可向前朝寻记忆，当思后世论今天。
徜徉古巷商旗叠，穿越时空六百年。

何江 北京

延庆寺斜塔

唐风宋骨誉江南，犹似冲天碧玉簪。
窈窕身姿楚宫女，昂藏气宇伟儿男。
千秋斜影还依旧，三戒禅音已不谙。
慰藉松阳恒隐忍，历经雨雪未颓坍。

何立新 四川

鹧鸪天·江南秘境陈家铺

丽水扬波濯玉轮。拱桥涯屋认烟村。
土墙新客拾阶绿，石板春声启梦门。
花有影，月无邻。一蓑风雨洗心尘。
今生相遇夫妻树，来世相逢惜故人。

胡彭 北京

老　　街[①]

粉墙绕江浙，黛瓦遍苏中。
酒肆青牙旆，招摇淮泗风。

［注释］

① 松阳老街像极了江苏旧家的曩日风景。

胡彭 北京

松阳延庆寺塔感叹

难留是真迹，古塔奈何斜！

佛法庇天下，无缘护自家。

纪维龙 天津

过松阳古村

水澈飞银鹭，山青卧绿洲。
闲行岚气绕，醉看白云流。
茶海飘芳韵，梯田织彩绸。
参差排茑舍，一步一回眸。

焦佃苹 江苏

松庄村印象

四面环山绿荫长，溪音伴竹奏悠扬。
玲珑错落黛灰瓦，斑驳参差黄土墙。
碧水拱桥流岁月，翠苔石径写沧桑。
谁家少女溪边坐，闲弄丹青画夕阳。

金丽红 浙江

秋登延庆塔感怀

沐雨经霜屹碧穹，浮云过眼听松风。
泉声共悦春光乐，鸟语同欢秋意融。
流水涓涓知岁暖，禅烟袅袅自心空。
青峰明月常相伴，斜倚残阳醉晚红。

金丽红 浙江

咏松阳延庆书院

何处书香袅，儿童把卷寻。
芝阑芳满院，雅意泽森林。
故土一杯月，他乡万醉心。
闲愁萦梦绕，延庆耀松阴。

景海昌 河北

满庭芳·客松阳

小径红欺，长堤翠抱，雨丝正织疏稠。不蓑不笠，竹响共梅幽。石级月桥虹栈，引人往、高处凝眸。瓯江畔，蟾峰阁外，灯火万重楼。　　堪长川水墨。青皴波影，黛泼芳洲。淡勾勒，滩芦岸柳云鸥。唯着独山笔重。岿然处、占断东流。浑如那，玉娘痴立，识遍往来舟。

李德贵 浙江

横樟村思廉堂

孝行溢彩盖横樟，清净村容奏乐章。
四代贤才风水地，满门人杰思廉堂。
宗祠族谱诗情觅，社庙书廊画意长。
包拯后昆承古训，一身正气感天皇。

李德贵 浙江

卯山仙乐天上来

形如覆镬底朝阳，康养休闲好地方。

举月当灯游卯观，裁云作纸写禅堂。
昔传道乐千秋在，今继仙风万载长。
法善蟾宫天曲取，人间移植是高腔。

李根华 安徽

西江月·松阳古村落

白雾穿行黑瓦，青溪映照黄墙。茶山竹海稻花香，一并熟成村酿。　　古树枝头古宅，阿婆膝下阿黄。古桥古塔古祠堂，醉了云端网上。

李建春 山西

浣溪沙·黄家大院感赋

雄据处州媲古城。黄家旧事话承平。红牙拍板唱江声。　　民国栋梁今寂历，隐心沧海暗香凝。一根辫子最纵横。

李建春 山西

浣溪沙·谒松阳延庆寺斜塔

众目皆疑云俯窥。菩提树下水萦回。天风吹送塔斜辉。　　古往今来心易幻，云开雾敛梦难随。此中玄妙待穷追。

李建春 山西

浣溪沙·雨夜游松阳明清老街

古邑老街落雨花，南隅北巷品香茶。一行盛赞女词家。　　市井依稀赓宋韵，耕桑自在织元纱。窄门深处听琵琶。

廖润昌 广东

摸鱼儿·夜游杨家堂村、松阳老街

正新凉、仲秋天气。明清古巷香旎。天边云叠鸳鸯锦，彩幔村前张起。情可寄。檐角下，燕寻旧迹重门外。时探闾里。抚青石苔侵，绿萝壁缚，穿越繁华世。　　霓灯亮，又见松阳夜醉。歌声低啭佳丽。急弦繁管谁听惯，曲尽沉鱼花闭。风细细。且任得、桂华流瓦香飘砌。疏星凝睇。恁倩影徘徊，今宵无寐，明月可相对。

刘成卓 河北

临江仙·松阳老城(依龙谱)

秘境江南风物胜，松荫溪畔人家。粉墙黛瓦夕阳斜。苍苔青石路，深巷雨中花。　　近水远山烟不尽，缭缭一派清嘉。沧桑风雨洗铅华。悠然存古韵，睦睦乐无涯。

刘卫东 四川

金缕曲·过松阳三都杨家堂村

总被桃源误！算由来、黄墙黛瓦，梨花村坞。山戴吴云溪连楚，尽在光阴深处。更点染、炊烟岚雾。风火墙头尤别样，道治家、耕读当无负。传孝悌，铭家谱。　　风流谁道尘灰虏。有初心、金山不掘，银山不竖。留得山青江流碧，才是光明天步。但坐得、道边樟树。不学武陵人回转，等犊牛、又向村头路。听鸭犬，争敲鼓。

刘雪莲 浙江

七绝·松阳延庆书院

坐揽百城珍简藏，满堂翰墨满窗阳。
凭栏莫道乡风野，曲水流觞宋韵扬。

刘雪莲 浙江

七绝·松阳延庆寺塔

暮鼓晨钟响寂寥，飞檐拔地试天高。
倾身托举千秋月，北宋梵音清梦遥。

刘雪莲 浙江

五律·故里松阳老街行吟

明清风土味，袅袅话曾经。
盏绿茶烟白，灯红酒幔青。
雕楼凝岁月，古井落辰星。
驻足乡音掬，长留梦里听。

刘勇斌 浙江

独山夕照

夕阳落幕彩霞红，晚照流苏挂半空。
漫染纤云妆秘境，巧挥妙笔绘苍穹。
铺金暮色蟾峰醉，燃火余辉瓯水融。
自古松州多胜地，引来骚客赞天工。

刘勇斌 浙江

松阳老街·活着的清明上河图(中华新韵)

秘境江南看大千，上河图像显当前。
街头尽是他乡客，门店多集本土贤。
擀面煨鸡应有味，裁缝铁匠更无闲。
繁华商贸俨如旧，游者舒心赞叹连。

楼晓峰 浙江

七绝·登延庆塔禅悟

莫道毫厘玉有瑕，我来恰好赏偏差。
诚能放眼三观正，不怕登高立足斜。

潘爱华 浙江

延 庆 书 院

荒田幽处农家院，潘氏舍墙金匾围。
万册藏书宣至理，一池云锦隐玄机。
品茶览读言今古，研学倾谈辨善非。
文化传承树标帜，八方才杰拥同归。

潘泓 北京

明 清 古 街

茶摊酒店早开张，老板招呼事事忙。
金木五行名号列，明清一幅画图长。

朦胧字迹犹存壁，抖擞骅骝尽脱缰。
可是时空真转换，锤砧刀俎响丁当。

潘泓 北京

延庆寺塔

兵燹遭逢屡，时绥梦所欣。
乡贤聚春意，宋塔立冬云。
铃铎浑无迹，鱼龙尚可闻。
摩挲砖上字，禅俗读纷纷。

潘惠华 浙江

登蟾峰阁

松古蟾峰百仞孤，摩天杰阁叠檐殊。
登临有意高声语，试问仙人听到无。

潘惠华 浙江

题青蒙塔倒影

溪流映塔静无波，岸绿云悠似镜磨。
谁信两山曾夜会，天生美景伴清歌。

彭九善 内蒙古

松阳老街

少小听糖卖，离家几十春。

清风吹入耳，疑是旧时音。

彭满英 浙江

鹧鸪天·观延庆寺塔有感

寺塔巍巍插碧天，依山拥翠越千年。沧桑历尽风霜里，斑驳曾经雪雨间。　　藏舍利，护乡安。经书佛理爱相传。唐风宋韵留真迹，锦绣松阳添福缘。

阙周理 浙江

独山蟾峰阁

独山装点甚妖娆，绝顶蟾阁耸碧霄。
古邑松州添异彩，汉唐胜迹展今朝。

沈艳 四川

行香子·醉松阳古村

云淡天高，知了欢狂。看白鸭排队成行。小桥流水，老树长廊。享藕风香，河风爽，柳风凉。　　古村民宿，黄墙碧瓦。任青山沉醉斜阳。炊烟袅袅，随自飘扬。喜琴声悠，语声朗，笑声长。

沈宗来 浙江

游　独　山

湿风有意路生苔，画友凝神静画槐。
泉水叮咚传绿谷，草香扑面荡胸怀。

凉亭矮凳蜜蜂舞，燕影松涛蝴蝶徊。
含笑夕阳挥手去，花开翠吐我还来。

松庐 浙江

躬耕书院

岩轩何必掩柴关，尘客来寻半日闲。
桂老花残香簌簌，秋深溪净碧潺潺。
清高彭泽陶元亮，萧瑟江南庾子山。
思意不随流水去，时时只在白云间。

松庐 浙江

卯山真人

桃源深处古仙家，怪石如松隐碧霞。
高士曾来骑白羽，凡夫岂解养丹砂。
千年遗迹三碑勒，百事无成两鬓华。
岂忍苍生愁旱渴，天师一怒斩蛟蛇。

唐志华 浙江

御街行·松阳情缘

山围环水云林幻。松古平原绽。江南秘境末根源，水墨村家翠苑。瓯江系淌，玉帘高卷，涤尽凡尘暗。　　读耕文化深深眷。戏曲高腔贯。老街古韵荡悠悠，说尽燕离别怨。玉娘爱恋，肝肠魂断，诉尽杨花愿。

王慧 浙江

登延庆寺塔

玲珑七级入穹苍，舍利神光佑十方。
几度烟云皆阅罢，还看山色沐初阳。

王建伟 浙江

松阳老街淘得铜壶有吟

剔透玲珑骏马雕，小炉烟袅水翻潮。
溢香清友壶中舞，雅客欣怡往事聊。

王建伟 浙江

松阳延庆书院感怀

文君邀约下松阳，黛瓦泥墙木脊房。
延庆乡村书院建，丁芒创作献潘堂。

王建伟 浙江

松阳鹰嘴岩

一碧清溪缓缓流，满坡蝇树绿葱幽。
空山奇石似鹰嘴，悬壁沿江景色悠。

王建伟 浙江

游松阳延庆寺塔

一塔神奇入半天，生辉翠绿映篱边。

巍峨耸立英姿爽，历久倾斜今古悬。

王骏 浙江

独　山

孤峰百仞松阴畔，添得一城山色酣。
跳出重重叠嶂外，始成独秀八方瞻。

王骏 浙江

明清老街

时光忽突到明清，烟火盈盈市井声。
回首灯笼悬挂处，乡愁浮在旧门楹。

王骏 浙江

延庆寺塔

腾起云龙倚日高，可叹古刹已烟消。
当年舍利今犹在，会有祥光佑富饶。

王人勤 浙江

蟾峰阁抒怀

独山百仞接宫楼，宋阁留今总显悠。
画栋雕梁雄健在，翘檐硫瓦美姿流。
闲云潭影湖中隐，烟雾晨岚几度秋。
读史无须先帝赐，蟾峰槛内尽人修。

王少君 浙江

江城梅花引·松阳独山

松阴溪畔几炎凉？数苍黄，笑苍黄。百仞云峰，独秀倚寒江。落日余辉残照里，又恰似，鼓征帆、别故乡。　故乡？故乡！不曾忘，费思量，泪两行。苦也苦也，苦了那、地远天长。小院梧桐，几度换新妆。此恨悠悠何处了？心底唱，效孤鸿、唱断肠。

王少君 浙江

御街行·卯山访天师法善旧迹

当年事业空堆砌。声声叹、声声碎。颓墙丹井卧云松，闻道神仙桑里。天门苔厚，浩歌谁济，终究无从倚。　功名自古撩人醉。误多少、英雄泪。由来参破是天真，嗔甚枯荣兴废。莲池浸月，群山投响，聊解其中味。

王育林 浙江

春江青龙堰

飞桥碧水独山前，最美松阴四月天。
已越千年虽古堰，仍浇万亩似甘泉。
青龙横卧茶乡盛，白鹭轻翔绿道妍。
如画春江沉秘境，处州留史梦流连。

王育林 浙江

独　山

松古金瓯百米川，石蛙江影寐千年。

拾阶路险寻峰顶，极目云轻见夕烟。
沈晦遗篇今世颂，玉娘留恨后山眠。
阁楼辉映茶乡美，镇守家园负铁肩。

吴莉梅 浙江

登白云山（中华新韵）

闲庭慢赏白云景，古道千花绿树阴。
银练飞流溅珠玉，修竹摇影弄声音。
合欢石上扫烦事，禅寺院中求静心。
更有仙桥孤耸立，桑田沧海感怀深。

吴莉梅 浙江

卯 山

飞车揽胜卯山春，十里茶园一色新。
最是湖溪风景好，归来犹妒谷中人。

吴晓梅 浙江

访延庆古塔

花林四合塔斜空，莺落数声风亦触。
谁为浮屠凭酒兴，闲闲攀手夕阳中。

吴晓梅 浙江

延庆公益书院见闻

池连书阁境清嘉，荷映飞檐夕照斜。

放鸭人家闲稚子，漫摇绿竹未还家。

吴玉兰 江苏

松阳古村落(中华新韵)

青山藏秘境，村落古宅多。
爨霭入松雾，丹霞出坠河。
清溪鸭戏水，石径牬驮蓑。
畲寨茶田馥，叠峦荡恋歌。

吴岳坚 浙江

松阳双童山

展开膀臂双童抱，穿越时空一线天。
感叹神工挥鬼斧，置身其境悟诗篇。

吴岳坚 浙江

瞻松阳延庆寺塔

延庆松阳观塔寺，田园阡陌眼帘中。
塔斜依旧风光在，身历沧桑古韵丰。
北宋禅师知奥妙，云霄碧路剪星空。
七层六面皆缘故，万户千年佛意通。

夏莘根 浙江

延庆寺塔环吟

登塔搜奇有栈通，依栏放目读瑶空。

芳开秀野花千朵，碧落青山锦万丛。
彩溢新楼林耸势，日辉古塔气飞虹。
诗情涨满阴溪水，滚滚春潮醉赋翁。

夏莘根 浙江

一代天师叶法善

绿谷桃源有一仙，研方丹术听笙泉。
上扶帝业开盛世，下济苍生施大贤。
骑虎创庵梳紫气，镇邪挥剑辟山川。
养身秘绝千般妙，羽客经书善事天。

项一民 浙江

游松阳延庆寺塔有感

古塔巍巍斜九天，风霜历尽病残延。
任谁老去终归土，何羡人家千万钱。

项志英 浙江

登延庆寺塔

松阴溪畔景盈盈，宋塔唐风遐迩名。
禅理学传西远渡，经文藏得故深耕。
飞檐翘起云霄接，揽昔抚今翰墨明。
俯视东南多毓秀，烟霞高阁独峥嵘。

徐吉鸿 浙江

见沙孟海题延庆寺塔字感吟[①]

沙公一字力千钧，为使正心先正身。
堪叹世人非解语，悄嫌濡墨未端匀。

［注释］

① 松阳延庆寺塔历经千年，塔身稍斜，沙公（沙孟海先生）题字，第一字与后面隔开距离，似欲以字拉正塔身，故感而有吟。

徐吉鸿 浙江

看独山遐想（词林正韵）

看罢孤山看独山，未知两处可关联。
梅花不赴松阳约，惟向钱塘接状元。

徐友松 浙江

延庆寺塔

延年益寿神仙地，庆贺千秋亘古奇。
寺院珍藏真舍利，塔斜心正立城西。

徐玉梅 浙江

延庆寺塔

松阳古塔屹延边，精湛细雕誉巨川。
舒展微斜迎贵客，经霜雨洗不知年。

杨树林 甘肃

鹧鸪天·探访松阳古村落

黛瓦黄墙水墨乡，江南秘境韵流长。澄澄溪涧原生态，漠漠田园古画廊。　搜句脉，缀诗囊。文风质朴漾山庄。爱情演绎相思梦，词史传奇张玉娘。

杨苏菲 美国

重　璧　台

鹳凰寡栖重璧台，零丁玉骨谢难栽。
徒羡凉蟾枕星卦，岂逢轩皇掩梦来。
云泥绸缪懦弦腻，泉壤呜呃焦尾急。
且邀迷魂披宿绮，嫁与冥鸿穷八裔。
千江逆鳞割夜紫，阑干兀颓渠黄死。
天荒地老不见君，殷勤湘雨啼如洗。

姚传标 浙江

题延庆寺塔

舍利金刚定塔身，大千世界尽尘尘。
相期不见云龙会，独立青霄望古人。

姚传标 浙江

鹧鸪天·题松阳延庆寺塔

七级浮图气象嘉，老僧相见具袈裟。迎来舍利标千古，争得光明耀九霞。　　诸佛意，妙莲华，谁知空相渡无涯。只因情重成斜塔，却有禅深塔不斜。

叶传凯 浙江

卯　　山

卯山云雾罩虚玄，神道御碑符箓传。
井可浴丹源向海，亭为点易鹤飞天。
李邕笔迹丁丁结，叶俭门生代代牵。
太素真人念何在，法师殿里话常然。

叶传凯 浙江

松阳老街风貌

青石黄墙缀晚霞，门廊店幌接千家。
高腔热闹非遗馆，游客斟尝老树茶。
乡货古街观件件，土烧醇酒饮些些。
飞檐斗拱今还在，明瓦清砖映物华。

叶传凯 浙江

松阳卯山叶法善

卯山胜地道生涯，散发飘髯踏彩霞。
一柄随身桃木剑，半葫别杖午时茶。
黄符烟里频抓孽，白日堂中更镇邪。
驾雾腾云天上去，试锋点易鹤还家。

叶菊华 浙江

松阳延庆寺塔

经风沐雨越千年，阅尽沧桑世事迁。
不惧身倾擎日月，只缘禅意守云天。

叶菊华 浙江

游松阳明清老街拾趣

斜阳浅照老街长，小巷徜徉意未央。
檐外红灯盈喜庆，阶前翠墨泛清芳。
隔邻鼓乐煮茶晚，对坐琴弦品酒香。
走走停停尝百味，依稀又见旧时光。

叶松生 浙江

登延庆寺塔感怀

祥云天际走，松古眼前浮。
塔过千年雨，烟生一段愁。
沙翁留墨宝，诗友竞风流。
碌碌时光去，萧萧鬓入秋？

叶锡华 浙江

临江仙·参观延庆塔

云龙山麓青野畔，唐风宋塔千年。巍峨雄峙耸瑶天。感怀访古迹，得句赋新篇。　　沧桑巨变今非昔，松阳风貌超燃。国家文保史无前。东方神秘地，比萨物华延。

叶锡华 浙江

游松阳独山

蟾峰突兀上虚空，峭壁千寻独踞雄。
月下檐前观夜景，松荫溪畔醉秋风。

叶樟达 浙江

登延庆寺塔

禅师行达取真经，坎坷踏平犹迅霆。
八部雄文千世在，一包舍利两方订。
昔时如愿建双塔，今日遗存留独丁。
历史悠悠言往事，我登七宝步天庭。

于宏春 山东

念奴娇·松阳风物

江南风物，正新凉初起，天高云阔。闻道松阳颜色好，仿佛玉人风骨。水绕烟汀，山衔朱碧，秘境称幽绝。千年踪迹，几番风雨吹别。 自古应恨多情，玉娘红袖，暗结啼鹃血。最是伤心鹦鹉冢，香砌魂凝兰雪。浅饮芳樽，细斟愁绪，黯黯思千叠。一声霜笛，悠悠吹老残月。

于璇 河北

相 思

四月江南遍地花，园中红豆却无芽。

山黎本是相思物，只向离人梦里发。

俞亚东 浙江

瞻松阳延庆寺塔长吟

宋国浮屠倚上林，使君殷约此登临。
一时秋兴生檐底，六角烟云鉴古今。
浩荡清光摇晡日，婆娑香雨漫衣襟。
西风吹散关河梦，沉磬可栖万里心。

虞克有 浙江

访松阳延庆书院

一

游子情怀报故乡，农家老屋百城藏。
室中卷叠惊梁燕，架上册排生慧光。
半日书翻忘岁月，一壶茗煮释迷茫。
为何蛱蝶纷来此，缘是探寻散发香。

二

古塔凌空百丈高，犹如利剑插云霄。
一怀正气千秋在，为护平安长镇妖。

虞克有 浙江

松阳访鹰嘴潭

鹰嘴岩前碧玉流，枫杨岸拥泊渔舟。

水摇巨石波声荡，风吻苍颜红晕浮。
野蝶寻香围紫蕊，闲翁垂钓立矶头。
心怡最是清幽处，静听林莺啼自由。

岳明 河北

春　　雪

玉砌南山半掩门，弥天曼妙不沾尘。
东风许是春方晓，剪作梨花赠予人！

曾金美 浙江

鹰嘴潭即景

石柱擎天接碧穹，清流伴奏妙音融。
树摇潇洒迎风影，岩显嶙峋立危峰。
白鹭欢飞溪面上，深谭荡漾绿林中。
象形鹰嘴神工就，奇景胜如诗画容。

张金英 海南

卜算子·延庆寺塔

一派宋时风，千载云龙雨。六角凌空百尺身，望断苍苍路。　　那级阁间声，那挂檐铃语。那段深深印记中，又把红尘渡。

张金英 海南

西江月·冬暮游古堰画乡

两岸青山相对，一湖绿水轻舒。波光流转忆当初，谁把清风锁住。　　石板拼成故事，古街蕴出原图。暮间帆影有还无，莫说此中堰遇。

张珺 湖北

八声甘州·登延庆寺塔

登高台、春秋凭风起，阡陌水云间。忆佳人犹叹，呜呼项郎，江东近前。是年红袖善舞，戚戚思君言。一抹黄龙雪，爬上鬓边。　　恐尽玉娘遗篇，看日月流转，旧貌新颜。灯上江南晚，窈窈桃叶仙。巾帼起、风云席卷，天下事、半目在红颜。自此去，琴瑟合鸣，便是人间。

张晓明 浙江

赞松阳延庆寺塔

塔尖如笔写云笺，历史沧桑韵远牵。
祖训崇文香翰墨，家风重教梦书圆。
芬芳桃李红天下，优秀儿郎壮大千。
傲雪凌霜终不悔，新阳护佑百花妍。

张振辉 浙江

延庆寺斜塔

细身高耸照山川，铃语无羁绕塔檐。
斜指乾坤千百载，谁言造物不能偏？

周帮金 浙江

南岱问山(中华新韵)

溪流奔向海,人自往山游。
绿水青竹处,古村灰瓦楼。

周洪斌 江西

七律·游松阳古村

江南秘境抱群峰,鸡犬声闻云雾中。
九曲溪流围玉带,千寻峭壁立㠌嵘。
来观老巷沧桑景,似沐桃源古朴风。
座上轻吟兰雪美,词坛千载叹惊鸿。

周加祥 浙江

过延庆寺塔

一塔微倾一字歪,初心正定不沾埃。
穿空直向云霄去,雨打风吹更有怀。

周晓鹏 浙江

虞美人·夕怀独山

碧波落日随霞漫。忽有独山现。静听松古若西蟾,笑看沧桑巨变不曾言。　　苍茫暮色归来晚,心事呈眉尖。沉迷过往恋田园。却道霞云飞散似愁残。

祝仁卿 浙江

独山遥望

一山占尽一城风，更得接天楼几重。
造化钟灵居地利，便成气象出群峰。

祝仁卿 浙江

谒延庆寺塔

山踞云龙埋舍利，松阴溪豁起浮屠。
千年风雨等闲度，些许倾斜不用扶。

生态康养

蔡伟平 浙江

游松阳大木山茶场暇想（通韵）

百里青山绿翠雕，春光夏韵五洲销。
紫壶玉腕清泉水，泡尽松阳野古谣。

曹甫成 江苏

七律·重阳感赋

金风再度入吾楼，甲外行年又一秋。
利禄功名早丢去，琴棋书画晚来求。
心无挂碍心难老，腹有诗书气自悠。
莫笑庄生蝴蝶梦，花开花落任自由。

曹荐科 浙江

游象溪有感

象溪遗学寓儒庄，毓秀钟灵胜庙堂。
栈道近观情思密，楼栏远眺水流长。
幽居村落恋清味，笑看人生别颂扬。
纯朴田园多美景，仙踪隐逸好风光。

陈春兰 浙江

松阳张玉娘诗词馆感怀

梁祝虚虚已泪涟，松阳张沈更堪怜。
春来暑往相思苦，斗转星移作梦寒。
走尽天涯逢堑谷，望穿秋水谢花颜。
此情仰止高山敬，兰雪遗篇万古年。

陈剑鸣 浙江

松阳杨家堂村

白云飘过马头墙，香逸村中柿子黄。
最恋双樟留客处，清风拂面沐朝阳。

陈剑鸣 浙江

松阳杨家堂古樟

村头傲立两香樟，相守云天情久长。
沐雨梳风何怨悔，千秋万世护安康。

陈娜 浙江

双 童 积 雪

松荫溪畔雾蒙蒙，积雪山头隐约中。
野鹤时鸣归野寺，仙人已去剩仙宫。
诸峰有眼寒烟碧，万壑无声夕照红。
八百年来风雨事，而今历历在双瞳。

陈水根 浙江

西江月·松阳古民居

绿柳白云碧水，蓝天青瓦黄墙。莺啼伴曲奏和章。布谷催耕希望。　　日丽草柔风暖，柿红菊瘦茶香。山庄秋色胜春光。美景心中诗酿。

陈吾军 浙江

鹧鸪天·题横坑村

千亩良畴待晓犁，林霏欲散一声鸡。连天芳草盈窗碧，满地金风压穗低。　　禾香醉，柳烟迷。游鱼自在戏清溪。横坑绿绕钟灵秀，瑶圃非唯梦里齐。

陈永生 浙江

七律·咏松阳茶叶三首

一

山因云染显空灵，水润松阳古画屏。
既见绿芽成茗赋，又逢白叶蕴茶经。
银猴雀舌南峰品，龙井毛尖北苑星。
会友论文花上露，怡情逸趣梦康宁。

二

水流彩韵润茶园，绿漫西屏聚宝盆。
味占卯山云雾质，姿缘溪畔蕙兰魂。

室藏书画香诗梦，雪煮铜壶醉茗轩。
极品银猴呈异色，原生四绝世通尊。

三

三月春风唱和声，松阳秀美燕莺鸣。
小桥流水婆娑韵，大木香茶肺腑清。
一网情深千里誉，八方路顺万家赢。
笑尝龙井芬芳味，喜饮银猴乐太平。

程丽平 浙江

松阳膳垄村“玖层云水”美术馆

岭头幽谷隐山村，拱顶泥墙古意存。
点亮心灯寻艺苑，长廊影下最消魂。

程丽平 浙江

寻访松阳杨家堂

秘境寻踪问有无，青山岭嶂隐明珠。
泥墙黑瓦峻层次，村落云中展画图。

程允清 浙江

临江仙·青蒙村

细雨春风波潋滟，青云塔下留踪。清溪两岸绿葱茏。引来迁客聚，兴业乘东风。　　翠岭苍峰藏画册，凝眸含笑翁童。小康生活蜜相同。桃园来客友，对酒话青蒙。

程允清 浙江

咏官岭村

红枫燃古道，翠竹伴青松。
悬屋烟霞里，涧泉幽径通。
香樟栖白鹭，绝顶接苍穹。
吟友云间走，词花绿苑中。

褚晓江 江西

家　山

鸟喧云海树含烟，万亩茶园近九天。
千里风光来眼底，十分感慨到心田。
安身只要三餐粟，好梦何须百尺椽。
但使家山能许我，结庐于此度余年。

董宏霞 浙江

采药（中华新韵）

青青旷野离离草，林下泉边寻百药。
桑叶甘寒可解毒，菖蒲温苦宜开窍。
窄锄板斧各生风，村妇田翁能鉴宝。
若是哪天身欠安，一撮煎煮识功效。

董宏霞 浙江

官岭村（中华新韵）

阶梯村落隐山中，屋宇铺排气势弘。

不羡华堂居显赫，且安陋室处从容。
稻田茶垄风光秀，木器竹编副业崇。
诗礼传家知孝悌，雍雍笑语乐融融。

董淑琦 陕西

苏幕遮·长安望江南

渭河波，秦岭雾，痴梦长安，繁盛游人慕。楼鼓声声双雁护。笔走龙蛇，神鬼碑林诉。　　故乡遥，唯自吁，家住江南，求学长安住。千万牡丹无意顾。思感天公，化作婆娑雨。

董筱岑 浙江

访象溪一村有吟

傍溪威矗大牌坊，幕揭明清进士乡。
勉裔朱熹家训立，匡时社稷德风彰。
临门五福青山叠，劝学一村风气扬。
古韵古垣留憧憬，胜如碧水泛霞光。

董筱岑 浙江

三都乡西田

古宅古松诗画中，如油水贵盼东风。
自从策惠三都后，一股清泉流不终。

樊敏青 浙江

游松阳卯山怀咏唐朝天师罗浮真人

云舒雾卷不知年，卧听松涛渴饮泉。
但见虹霓浮远岫，遥观涧瀑落前川。
真人古木茅庐下，药草灵芝鹤洞边。
百岁南柯如一梦，玄宗御笔悼天仙。

樊敏青 浙江

游松阳膳垄古村思吟

山抱古村幽，泉分石上流。
溪桥横瘦影，诗客踏晴秋。
径曲青苔壁，灯明画馆楼。
喧嚣遥隔世，养寿可清修。

傅瑜 浙江

参观松阳大木山骑行茶园

逐景采风何处去，慕名再度访茶乡。
田园万亩连天秀，乳茗三杯满室香。
览胜亭前花妹乐，骑行道上帅哥狂。
欣看古邑翻鹏翼，漱玉松阴流韵长。

傅瑜 浙江

历史文化名村象溪

山环水抱秀才村，鼎盛文风家族魂。

诗画田园芳草绿，牌坊楼影古时痕。
一元复始[①]开新宇，五福临门[②]承祖恩。
耕读并行传代代，流长德厚泽儿孙。

[注释]

①② 一元复始、五福临门均为该村景点名称。

傅瑜 浙江

松阳膳垄行

人间何处桃源觅，鹤径通幽膳垄行。
气爽秋高枫叶艳，山深谷静鸟声清。
烟峰毓秀闻遐籁，画室[①]传奇扬美名。
逐梦情融锦屏里，丹青妙笔任纵横。

[注释]

① 画室，指玖层云水美术馆。杨洋，玖层云水美术馆馆长，1995 毕业于俄罗斯莫斯科国立苏里科夫美术学院绘画系，艺术硕士。2018 年因钟情松阳山水，带领一群同好来该地创办玖层云水美术馆。

傅瑜 浙江

松阳西坑村

结伴寻幽向远垧，轻车一路尽芳馨。
翠环峰谷云追日，秀拱山门锦作屏。
林茂雾迷风不定，步移景换目难停。
阿谁吟得点睛句，留待乡人勒石铭。

古王丹 内蒙古

苏 幕 遮

画江南，诗四季。乌饭飘香，山水皆无寐。烟雨松阴溪揽翠。琴瑟难吟，无酒丹青醉。　　玉娘情，风雅泪。珠玉高腔，千古流连意。浩瀚民俗星聚瑞。旧塔重檐，阔首新途事。

郭星明 浙江

松阳横坑村

群峰飞峙磴连天，民宿星罗崖两边。
一道清流欢出谷，横坑笑语透林巅。

杭中华 北京

松阳西坑村陈家铺远观有怀

翠微萦绕小山村，雾罩云遮秘境深。
竹海奇观新氧足，闻声循迹去追寻。

何成根 浙江

陈家铺采风

先锋书店如书海，放眼回廊满架堆。
不是亲临真不信，墨香宝气暗缠来。

何成根 浙江

官岭采风

官岭深藏宝地中，东西南北绿葱茏。
村前白虎[①]除邪气，庄后青龙[②]挡煞风。
傲雪松枫迎客立，虚心翠竹礼宾躬。
宗祠祖训儿孙敬，庙宇楹联叠字逢。

[注释]

①② 白虎、青龙指村前村后的两个山墩，有左青龙，右白虎之说。

何鹤 北京

陈家古寨

斜阳深浅迹难消，犬吠鸡鸣上小桥。
昨夜松声依梦冷，满山竹影借风摇。
村头散漫云千载，诗外崎岖路一条。
岁月悠悠平淡过，回眸市井很无聊。

何鹤 北京

松阳古村寨游记

石缝泉声岁月间，不知寻梦到何年。
小桥流水村头尽，细雨苍苔林下眠。
山色晕开成画谱，诗行叠起作梯田。
置身古寨喧嚣少，回首东篱横暮烟。

何鹤 北京

西坑古村

昨日风情折半边，归真返朴梦能圆。
邀云作雨新茶密，夯土成墙古寨偏。
桥底波徐流雅韵，山头林暗泛苍烟。
斜阳一脚村头落，诗句飞回大自然。

何建松 浙江

杨家堂古训

日耕夜读烛摇光，好学尊师传四方。
严谨治家崇孝道，泽流桑梓润书香。

何建松 浙江

杨家堂夕照

高低错落马头墙，夕照余晖映土房。
四面青山环福地，一弯碧水绕村庄。
古樟树下孩童戏，翠竹林中倦鸟藏。
金色布宫犹画卷，江南秘境誉松阳。

何建松 浙江

杨家堂习俗

博大胸襟樟树娘，擎天茂盛历沧桑。
焚香祈福虔诚拜，庇佑儿孙送吉祥。

何江 北京

陈家铺古村落

凭栏俯瞰觅溪流，仰止何需岱岳眸，
远近峰峦疑是画，高低邻里并非楼。
循墀客舍庭门外，回首幽篁瓦上头。
欲问那株孤独榧，沧桑阅过几千秋。

胡彭 北京

茶　田

好水殊无嗅，真香妙在茶。
吾心存小梦，自采早春芽。

胡彭 北京

苦　槠[①]

压水一何老！绿苔侵树杪。
千秋风雨过，占尽松溪好。

［注释］

① 访问裕溪乡小槎村见青苔满布树蕨寄生的老树。

胡彭 北京

民　宿[①]

危台半飞甃，泥墙望欲颓。
时装美人在，呼客饮咖啡。

[注释]

① 深山里陈家铺子榔树等新式民宿令人目不暇接。

胡育强 浙江

松阳杨家堂古村落

洗尽烟岚晚放晴，丛中飞出凤凰鸣。
竹林深浅庭交翠，石路分明木向荣。
坐对柴门流水韵，细听老屋卖花声。
青溪九转山依旧，知是芳菲绣得成。

黄师联 浙江

松 阳 李 坑

千重青嶂锁仙村，隔断尘嚣有祖根。
涧水声轻流古韵，山形逸致剪青�。
楼阴修竹来风爽，亭座闲人好茗论。
见面寻常喊亲眷，一番碎语并闲言。

黄师联 浙江

松阳箬寮浴花潭问源

潋潋芳溪浮落花，乱莺啼暖一潭霞。
春潮矶上问流水，来自仙山何处家。

黄远飞 海南

鹧鸪天·游松阳横坑村(中华新韵)

水引山迎履远郊，古村风景亦娇娆。明时雕栋清时瓦，东圃梨花西圃桃。　　穿石径，过廊桥。网红打卡各出招。古村人亦追新梦，吊脚楼中慢慢聊。

惠松祥 湖北

高路台·游褒禅山

楚尾吴头，巢湖水荡，莽林中刻文章。金碗摩崖，白龟背溢清香。天河乳窟寻僧佛。险瑰奇，纵目神伤。起云峰，雾障云遮，百转愁肠。　　儒生学子描仙境，看褒禅蓬阆，椽笔庵堂。罗汉夔龙，古道窄径流芳。披襟岭上松风疾，少游人，幽暗华堂。慎深思，鳌上奇鱼，笑我徬徨。

金丽红 浙江

膳垄古村落傍晚即景

九延曲径问秋芳，霞染青峰暮色长。
膳垄村前文客往，涧泉欢奏运诗忙。

匡天龙 湖北

登黄鹤楼

江流天际外，鹤翥白云端。
菊径兰亭暖，烟波汉水寒。
林清闻鸟语，竹翠任风弹。

往岁登高处，今朝更好看。

蓝伟珍 浙江

箬寮原始森林

层峦峰叠嶂，涧水韵悠传。
龙瀑飞潭底，山花缀岭巅。
奇岩添意趣，古木绿延绵。
最爱莺声脆，声声奏管弦。

李德贵 浙江

安民乡杨氏四知堂

大潘坑寨好风光，杨氏祠堂立纪纲。
千载家规誊照壁，四知名句记心房。
为官清政众亲赞，办事廉明全族扬。
诚信孝忠传递远，秉承耕读墨痕香。

李德贵 浙江

松阳银猴茶

清风一笑绿山丘，喜见银芽个个优。
挥汗全身浇日月，种茶千畈度春秋。
冈中最忆栽苗者，田里常逢采茗妯。
手指翻飞随蝶舞，摘来云雾满箩兜。

李德贵 浙江

咏大川村[1]

二九年华过大川，重游故地想连篇。
昔时来往双鞋走，今日交通一线穿。
刘氏宗词藏绿谷，泉坑水库映蓝天。
莫言此处无佳景，举目武陵呈眼前。

［注释］

① 忆十八岁步行50里经大岭脚至龙口。

李建春 山西

浣溪沙·陈家铺探幽

蕉上雨丝隔岸闻。阳光一束织鱼纹。水风凉处散余薰。　　鸥鹭倦飞怜远客，竹松疏影认归云。淡烟深霭暗山村。

李建春 山西

浣溪沙·膳垄村印象

一幅秋山染翠烟。鸡鹅几只弄晴妍。小溪影里看云翻。　　水墨村边添画本，琴书亭下著诗篇。风流不让古时贤。

李穆之 北京

临江仙

透玉流珠晕藕纺，泣伤淡淡残红。晓风隐隐窥墙东。忘今何岁，只把雨为钟。　　对月金樽萧瑟意，醉还累染愁浓。旧情不返景作空。刘伶千古，曾见燕归重？

李希文 福建

留 荫 人

琼艳不胜娇，级望鹤栖松。
纵横千古事，京城万家灯。
璃下荫人侃，倚户畦连楼。
最待花秋岸，沿堤柳起鸥。

李向青 浙江

八声甘州·夜宿松阳杨家村忆越剧《张玉娘》

看层层泥寨筑山间，青瓦映黄墙。叹白云深处，松涛织翠，兰雪分香。更有玉娘贞义，载梦入华章。明月生重岭，万古流芳。 趁眼烟迷远障，正桃红似锦，春在华堂。纵桑田沧海，人物剩苍茫。醉几回、缠绵水袖，任奚弦、婉转动千乡。风来处，敲窗竹韵，清气汤汤。

林志坚 浙江

孟夏箬寮山庄

赏芳夕照上云峰，如斗山榴遍岭红。
余梦莺声闻驿馆，日升花海醉东风。

刘武萌 江西

望海潮·松阳古村落咏（柳永体）

东南形胜，桃花源地，文章耕读茶乡。云海画桥，炊烟老树，鸡鸣犬吠黄墙。古韵隐祠堂。木制必镂刻,风古雕梁。墨客词人,井冈红色浙西扬。　　登高品茗游廊。赏非遗漾碧,艺馆吴腔。衔抱海湾,环吞岭涧,沪松公铁机商。两地貌争翔。叹蒸腾农业,吟赏松阳。异日文明好景,生态领三江。

刘雪莲　浙江

七绝·落日时分至膳垄

接天翠竹掠彤云,黛瓦黄墙染夕曛。
涧野桥横新句采,却惊归鸟乱飞纷。

刘雪莲　浙江

七律·松阳杨家堂村

竹浅林深曲径斜,高低错落卧人家。
咖啡馆里网红客,民宿篱边电煮茶。
犹在桃源知烂熳,远离尘世亦繁华。
双樟守望续香火,古邑千秋赋丽葩。

刘勇斌　浙江

松阳香茶(中华新韵)

百里乡村百里茶,云缭雾绕渗精华。
青山养润灵枝嫩,霖露培滋仙叶葩。
色翠泽明形细秀,香高持久味浓嘉。
一汪玉液萌姿展,舒饮怡神梦境佳。

刘勇斌 浙江

鹰嘴潭即景

气象宏开野趣融，松州绿道沐和风。
嶙峋峭石天仙砌，怪异裂沟奇剑功。
娉袅云霞追日月，翩跹白鹭问苍穹。
神形鹰嘴千秋唱，妙境身临诗画中。

刘勇斌 浙江

云中听蛙西坑村

清风薄雾问厅堂，鸟唱蛙鸣唤曙光。
黛瓦粉墙含雅韵，骚人拍客赋新章。
宗祠先迹追思远，古道浓荫漫步凉。
民宿方兴妆秘境，祥云再起靓山房。

刘宗德 浙江

箬寮胜境

名山拾级险频惊，游览箬寮一畅情。
嶙峋岩石如虎伏，陡峭山崖壁立横。
华盖巨株巍峨列，珍稀名木势峥嵘。
冷杉成片凌霄汉，云海迷离彩雾生。
瀑布溅珠明耀眼，幽潭云影映波清。
十里杜鹃花烂漫，胜境魂牵长梦萦。

楼晓峰 浙江

七绝·松阳特产

百代千秋种稻粱，青黄不接度年长。
今朝改种名茶树，一县丰盈九域香。

楼晓峰 浙江

七绝·邂逅膳垄

村居小院涧泉旁，五户三家自隐藏。
不信回还延路远，已然嗅得稻粱香。

卢冷夫 北京

膳垄古村落

岁晚应知松下凉，从来醉里忘他乡。
山围古郡云浓淡，水拍江南韵短长。
一曲忽惊新意气，千年谁拾旧阳光。
风中喜悦逐飞鸟，人有诗情老愈狂。

卢冷夫 北京

松阳小槎村印象

一

百度何如放眼看，诗心惟此念桃源。
裕溪乡里水含笑，研读馆前花不言。

月夜无声听雪满，松枝有梦待风掀。
几多野老桥头卧，教我囊空时负暄。

二

听取蛙声入古村，枫香揽树忆纷纷。
杯中恰好茶端午，诗里差堪酒半醺。
七友竹林应有笋，满山岚气不如云。
缘溪莫辨阴阳事，一路花开后可闻。

陆宝良 浙江

平田述怀

绿水青山枉自多，平田九垄难盈亩。
何时户户亮霓灯？客栈一宵三担谷。

毛魏松 浙江

茶　颂

万亩良田尽吐芳，千枝百叶展心房。
杯茶慢问前朝事，陆羽拂尘暗点香。

毛魏松 浙江

春到茶乡

雨过廊桥风渐起，行人伞放问新奇。
村庄已换平时貌，翠柳欢歌鸟伴依。

毛魏松 浙江

杨 家 堂

眼底村庄古老房，浮云已近淡泥墙。
回廊影绕石头路，绿草青苔伴花香。

毛星兰 浙江

茶 山 偶 见

乡间闻鸡起，空山雾气扬。
梨霜浮半岭，碧野缀红裳。
云暖催芽展，风微采茶忙。
团团围主绕，小小两阿黄。

毛星兰 浙江

云端之村有记(中华新韵)

避暑天边旅，白云脚下临。
银泉深涧挂，石壁绿苔侵。
百鸟林中悦，幽竹雾外新。
夜来风送雨，鼾卧共清音。

苗庆炜 山东

菩萨蛮·伏牛地

人间岁月空空去，今朝从此上青山。奇险伏牛宣，画屏十里妍。 高阁宿昏暮，金霖更添艳。红日见青天，新颜涂老山。

潘爱华 浙江

满庭芳·大木山骑行茶园

天色云开，风随春意，雨停烟散还晴。玉亭揽翠，临瞰碧涛惊。叠浪层层无际，丘陵绕、燕剪其平。穿骑道，车行如箭，追逐竞乡程。　　拼争，心血付，勤耕作育，醇质扬名。指尖拈，嫩芽飞落飘轻。万亩茶园锦绣，思圆梦、开拓前行。宏图展，茗香千里，蕊榜喜荣登。

潘爱华 浙江

诗与杨家堂

云烟缥缈绕山间，柿子嫣红果更鲜。
高树蝉声鸣野色，旧祠遗迹忆家传。
古风盘道奔争冠，佳咏诗歌话学贤。
秘境江南藏玉貌，乡情雅意续新篇。

潘泓 北京

浣溪沙·四都乡陈家铺村

民宿咖啡列地标，沪杭自驾客如潮。天阶行尽步天桥。　　处处人情苕柿晒，层层山色绿黄调。农家住处水云遥。

潘泓 北京

临江仙·膳垄古村落

香榧苦槠摇雨雾，山泉听到琅琅。棕墙褐瓦见村庄。咖啡调艺术，哲匠此潜藏。　　踱步溪桥相絮语，婆婆不解闲忙。青茶种在白云冈。几间民宿指，闻到菌菇香。

潘泓　北京

刘学锴先生故乡小槎村印象

汩汩村前水，原能泛海槎。
林泉存事迹，耕读有人家。
路去崇山远，风停暖日斜。
廊桥语翁妪，一垄绿黄茶。

潘惠华　浙江

茶　乡　吟

松州遍野绿茫茫，万户春来采摘忙。
雨润新芽添翠色，风吹玉叶泛清香。
游人赏景频留影，商贾经营日益昌。
古邑田园千载事，悠悠茶韵胜他乡。

潘惠华　浙江

念奴娇·大木山生态茶园

春花烂漫，正清明时节，遍野葱郁。灵草茫茫如碧海，远接村坊民宿。弥漫清香，时藏云雾，日暖催芽速。茶廊留客，水塘亭畔注目。　　领略别样风光，游人纷至，更引骑车族。谁料茶山成胜景，誉满华东唯独。遥想茶仙，著经三卷，已历千秋读。事时更迭，有谁摇笔延续？

彭满英 浙江

参观膳垄美术馆

孤村野岭白云间，雄踞山峦艺术传。
黛瓦黄墙屋顶拱，青山绿水檐间连。
画描山水情如海，意创人文爱比天。
墟落廊桥书古韵，香樟翠竹赋新篇。
江南秘境明珠耀，世外桃源美誉镌。
发展迎来新气象，明灯照亮翠云巅。

彭满英 浙江

大木山骑行茶园

连绵茶海碧涛扬，绿韵飘香沁曲肠。
摘采骑行添雅趣，小亭品茗醉春光。

钱明龙 浙江

西 坑 村

远上西坑入锦堂，千姿景色洒金光。
手挥村落成丹卷，脚踏祥云拾妙章。
秋水鸟鸣晨作静，夏风蛙唱夜眠凉。
亮兄捧酒高朋会，赏月吟诗情满房。

钱小林 浙江

四 都 山 居

几多村落自流芳，金色拉宫僻野藏。

民宿四都云里梦，先锋书屋善名扬。

任改云 广东

临江仙·登黄鹤楼

千载白云犹去，重来黄鹤楼前。汉阳晴树接晴川。烟波江渺渺，霜发客悠然。　　一片清街若带，马龙车水喧喧。登楼人在紫云巅。河山依旧是，繁华九州看。

沈伟 浙江

横坑行

淡雾如纱绿树幽，阶旁落叶夏虫啾。
清泉九转人随变，跃入瓯江万里流。

沈宗来 浙江

西坑采风

骚朋聚会路弯弯，无雨无风诗友欢。
寨岭云中生紫雾，空山隧道上青天。
蛙楼摄影笛声碎，悬馆轻歌笑语传。
古树民房茶也醉，西坑崖下水涟涟。

沈宗来 浙江

游横坑

路转峰回多道弯，云头画卷万山连。
翠林似海人稀罕，瀑布如银水冒烟。

美馆九层仙女笑，古村十代鸟声喧。
剧场竹艺纷留影，我赞横坑天外天。

松庐 浙江

读沈晦松阳上方山居诗而作

平生最爱是松阳，归老岩间寄上方。
延庆寺清闻梵磬，袭魁坊静溢书香。
万山有意怜孤客，四塞无虞入乐乡。
洗足投笫常兀坐，关门真与世相忘。

松庐 浙江

山居杂咏

岭上云深可隐身，岩居幽绝隔声尘。
旧书半卷频催睡，寒雨连旬渐入春。
满眼梅花无意赏，平生志业会须伸。
山长水阔音邮断，谁忆天涯万里人。

眭珊 广西

采绿吟·大木山品茶

雪乳银猴沸，对一径、秀木葳蕤。松风畅惬，壑峦迢递，烟水霏微。两轮飞掣处，清歌起，野亭叠翠低徊。烂柯寻，尘襟浣，望中真意谁会。　　轻啜露华浓，春波漾，青葱杯盏浮霁。万缕袅婆娑，渐澹荡心滋。感曾经、羁旅牵萦，沉浮久、相望任参差。流光品，禅月漫斟，蓬山梦回。

孙思华 山东

鹧鸪天·印象古市镇

船剪闲云浪吻航，远山近水绕天堂。农家笑脸三分醉，游客明眸七彩飏。　　诗吐蕊，画飘香，千年古韵逸芬芳。欣逢盛世研浓墨，妙笔铺开是乐章。

王德新 山东

松阳洗心

双童山麓赤覆金，箬寮松阴缀花茵。
最爱玉娘兰雪句，清声素韵洗尘心。

王慧 浙江

题横坑村

修竹映帘青到门，碧溪如笑语纷纷。
苍松也学餐霞客，高卧山崖唤野云。

王建伟 浙江

松阳杨家堂游感

拂面清风溪水穿，泥墙斑驳古樟前。
网红频递八方客，喜看乡村幸福年。

王骏 浙江

陈家铺古村

村居梯次断崖旁，惊艳深山金凤凰。
云里书房[1]网红店，乡心融入慢时光。

［注释］

① 书房，指先锋书店（陈家铺平民书局）有书三万册，并有网红文创店、民宿。

王骏 浙江

膳垄古村

玖层云水[1]藏秘境，小溪泉瀑出幽林。
黄墙黛瓦翠微里，颜值新融岁月深。

［注释］

① 玖层云水，膳垄村建有玖层云水美术馆。

王骏 浙江

西坑古村

峦壑云生十万堆，云端隐隐有蓬莱。
分明古道云中去，闻得天鸡鸣几回。

王泉 宁夏

临江孤舟

一江烟雨一江秋，两盏孤灯两点愁。

临江仙子盼撑渡，醉酒渔翁不恋舟。

王泉 宁夏

秋雨闲亭

雨打蕉篁风拂柳，闲亭空盏冷清秋。
不见悠然林间酌，莫非怜蕊觅香丘？

王人勤 浙江

箬寮峰景

纵眺箬寮千载留，浮烟缭绕美春秋。
岘岩自有争佳处，不及青峰景最幽。

王人勤 浙江

银猴茶叶震五洲

韶华轻逝水东流，双鬓凝霜逐岁愁。
茶忆陆公唐脉继，词思苏轼宋风浮。
箬寮风骨延江浙，银雀名声震五洲。
未尽意犹茶贾醉，松州灿烂倍滋眸。

王少君 浙江

松阳四都随笔

老院绮窗前，空山束紫烟。
闲云流陌上，野鹭舞松巅。

白日疏篱落，清风小径延。
几声家犬吠，暮霭隐平田。

王少君 浙江

游官岭有寄

孤村老树远嚣尘，懒向繁华懒说因。
几代悲欢空寂寞，百年风雨炼艰辛。
岭云兀自悠悠过，阶石难堪处处真。
但把沧桑从此换，休怜屋旧待游人。

王迎春 浙江

过松阳江滨公园

四周拱抱几青螺，百里松溪胜事多。
《兰雪集》[①]中藏挚爱，霓裳[②]曲外渡银河。
黄鹂应节鸣杨柳，香径随风散绮罗。
漫步江南佳秘境，欲归未兴待如何？

[注释]

①《兰雪集》，张玉娘所作诗词集。

② 霓裳，野史记载，道师叶法善引唐明皇到月宫游玩，唐明皇闻仙乐创作了《霓裳羽衣曲》。

王育林 浙江

茶乡山村

山村碧叶望无边，三月茶乡雾雨眠。
遍野笠蓑闻笑语，满车筐袋庆丰年。

嫩芽似锦回春早，小贩如云下手先。
千载银猴连万户，桃源世外又新篇。

王育林 浙江

蝶恋花·平田秋色

云上平田通险路。望远群山，近赏千年树。江氏小村虽百户，如潮游客休闲处。　　黑瓦黄墙红柿吐。石径斜阳，秋叶风中舞。厌看繁华和贵府，老房新舍乡愁旅。

吴爱勤 浙江

柿　子　树

秋风吹熟柿彤红，恰似灯笼映碧空。
故问谁家留不摘，赠于栖鸟过寒冬。

吴爱勤 浙江

松阳杨家堂

泥墙黛瓦惹乡愁，错落民居古韵悠。
丹桂溢香侵宅院，拾阶移景可通幽。

吴莉梅 浙江

箬寮杜鹃花

箬寮登顶舞云霞，红绿齐生叶与花。
粉面朱唇金作色，善良贤惠玉无瑕。

蜂来亲吻颇成趣，蝶往轻揉亦有涯。
不到人间争富贵，独居冷坞展韶华。

吴丽美 浙江

青玉案·茶香松阳

玉川凝绿从幽步。海天阔、春归暮。半缕丹风茶韵素。银猴初动，仙霞沐雨。金雾何言苦。　　松阴溪润尘香渡。好景繁华莫相负。一盏浓情环碧树。叶摇花笑，迎霜吐露。闲客留芳住。

吴晓梅 浙江

访杨家堂杂咏

柿灯新点石崖旁，曲径生风流野香。
唯恐山村秋欲去，蛛丝枝上网斜阳。

吴晓梅 浙江

过茑舍民宿

玉尊倾尽醉颜红，吟客留连香舍中。
但看清辉凝月榭，佳人恍惚倚帘栊。

吴岳坚 浙江

松阳箬寮原始林探幽

作客箬寮竟敞怀，双飞瀑布缀瑶台。
未曾赏到鹃花貌，阵阵清风扑面来。

夏莘根 浙江

春摄板桥茶园

畲姑戏闹拥茶园，满目青芳绕彩烟。
川雨初晴迎雅客，涧流正艳注春泉。
遍山桃树似霞锦，满地菜花如画笺。
漫步林荫香气爽，溪声鸟语惹人怜。

夏莘根 浙江

云峰畲寨麒上[1]

轻车盘路碾云涯，翠拥峰巅树竹花。
村口一池盈禄水，层峦三面许栖霞。
九霄日月娱山野，千亩茶林营氧吧。
何必寻幽方外去，寨中烟景是仙家。

［注释］

① 与松阳文联到板桥乡麒上调研。

夏莘根 浙江

云峰崖居陈家铺

灰瓦黄墙崖壁巅，青山秀岭白云连。
探奇陌野搜幽艳，健体爬坡访葛仙。
媚色满畴情浪涌，清香朗韵凯歌传。
松庐月夜诗书趣，潇洒人生胜圣贤。

小王 云南

竹溪排祭

一声锣鼓揭云天，百样时鲜排祭筵。
如雨星灯非玉界，客来正爱此人烟。

谢雪均 浙江

山中有寄

云山乱树松花落，竹影摇瓯春水空。
莫问乡关何处是，他年却道栝苍中。

徐秀 江苏

去松阳县横坑村

古村见说傍瓯江，山绕土墙云绕窗。
不意我来耽竹海，一身凉翠听高腔。

徐友松 浙江

膳垄诗词(中华新韵)

食膳平衡利健康，垄田菽稻进粮仓。
诗文歌赋融三教，词曲高腔美誉扬。

徐玉梅 浙江

观松阳膳垄诗词村

四面环峰秀，梯田倚翠坡。

竹林舒意气，茶海扮山河。
雾里黄莺唱，丛中蟋蟀哦。
雄心描画作，僻野写诗歌。

徐玉梅 浙江

横坑村景

一湾碧水绕篱门，万绿千山掩古村。
林密人稀云自洽，茶清竹翠涧心温。

颜小嵋 福建

春午赏寺

燕雀双飞绕燕尾，风拂铃儿余音绕。
寺旁烟柳若缥缈，山坡桃花林粉俏。
暖阳斜照辉映映，桃柳树似天上人。
柳絮桃花落碧水，随波追逐似鸳侣。
桃花飞花落柳树，柳絮飞扬落桃树。
艳羡桃柳树之情，自觉伤感人间情。

杨渼慈 广东

无　　题

东风暖曛曛，骚人酒一瓢。
烽烟居旧址，翠帐无渔樵。
玉暗期熙悔，初升弱冠嚣。
丁香结未展，锦绣画难描。

杨向明 浙江

赞膳垄颂山村

欢语笑声旋玉岭，天街艺竹显神工。
清凉信宿游人满，功德庭轩观者丰。
画作名家留胜迹，诗为才子展雄风。
悬流白水三湾泻，植物兰堂万众崇。

姚传标 浙江

鹧鸪天·题横坑村

云上良田千载犁，梦中仙谷五时鸡。炊烟茶润松风入，古木参天云脚低。　　村错落，草萋迷，更听一曲在山溪。莫言天下难齐物，来到横坑与物齐。

姚晰频 浙江

洞仙歌·箬寮探幽

雨丝弄碧，更惹轻轻绪。悄搴衣寻箬思缕，却惊闻、香溢几动山川。莫流恋、紫气云山自举。　　探幽寻古道，腐叶千层，底事嘤嘤水晶语。似诉玉娘泪，漫洒西风，卷兰雪、伴郎归去。抬望眼、夕阳染层林，但修得、千年箬寮孤鹜。

叶传凯 浙江

传统村落木岱坑

状如布袋稻林丰，三县五坑盘要冲。

日出老墙忙紫燕，雨来亭瀑落飞虹。
客家迁纳山村旺，枝叶衍繁基业融。
何用别寻方外去，静看云卷究穷通。

叶传凯 浙江

上坌古村落探秘

清明上坌拥青帘，错落农家景致添。
近岭横枝增野色，随村寻径弄轻潜。
新茶翠竹向山路，古树凤凰坳岱尖。
俯仰人间风去远，无须着意入缃缣。

叶菊华 浙江

七律·秋访松阳杨家堂[①]

世外桃源山水穿，云游绿岫揽晴川。
泥墙黛瓦文风表，画栋雕龙礼义传。
欲探杨家谈旧史，却听宋氏诉流年。
青溪九转江南韵，古树悠悠续福缘。

［注释］

① 杨家堂村位于松阳县三都乡，村庄坐落在环形的山凹中，左右两翼山峦环抱村庄，风水布局相当明显。在地无三尺平的杨家堂，20 多幢土木架构的清代民居沿着山坡一级级向上延伸，整个村庄上下屋高低落差 2 至 3 米，在视野中展现出一个巨大的建筑立面，是松阳县典型的阶梯式古村落，有“金色布达拉宫”之称。

叶松生 浙江

膳垄探幽

秘境深山里，相邀来赏秋。

茶香人已醉，墟静瓦生幽。
峰秀凭足走，山高无鸟愁。
清风贴耳问，可否此长留？

叶锡华 浙江

松阳膳垄采风

黄墙黑瓦小溪清，秘境山村膳垄行。
艺术助推添锦绣，诗情满野喜相迎。

叶樟达 浙江

官 岭 溯 源

陈家先祖择居行，顺意神牛到此生。
挖地开荒存足食，晒衣干菜搭凉棚。
当年落户创新业，日后成村按古名。
修竹茂林人景美，繁花一路映前程。

叶志深 浙江

松阳山村行

诗画松阳一线牵，杜鹃声里几炊烟。
乡村追逐振兴梦，岁月雕镌创业篇。
路转峰回非旧迹，风轻云净认前缘。
桃源不老添新色，独醉山间独醉仙。

叶志深 浙江

雨后登观景台见松阳西坑村

错落依山翠掩村，鸟啼隔谷亦相闻。
有缘今日重来访，恰对群峰手握云。

俞亚东 浙江

访南岙古村口占

习习山风欲转凉，村桥溪涨满秋芳。
频来多少城中客，始信梁园非故乡。

虞克有 浙江

松阳横坑村黄昏

古村深坞藏，藤蔓网泥墙。
鸟起惊云霭，枝疏挽夕阳。
飞珠山涧落，斜影石桥长。
一浸清幽境，自然名利忘。

虞克有 浙江

松阳杨家堂村

云掩泥墙黛瓦房，藤萝门外菊摇黄。
乡愁最系双樟下，老叟牵牛沐夕阳。

虞克有 浙江

行香子·过陈家铺古村

寨岭云浮，山鸟音柔。惬登临，豪兴寻幽。烟村滴翠，水月涵秋。叹玉田奇，崖居美，古风稠。　　牧歌声里，土屋楼头。读闲书，抛却乡愁。簪花载酒，预作重游。更几分慵，几分达，几分悠。

张海英 浙江

双童积雪

鸾鹤瑶峰势若飞，霜风带雪落珠玑。
凭凌玉骨双童望，容与仙家千载归。
欲倚云庵弹古曲，兼看岩瀑焕清晖。
游僧不理禅门事，久住松阳常采薇。

张金英 海南

西江月·松阳古村落之横坑村

莫道江南秘境，宛如世外桃源。几排黛瓦隐青山，更有云儿相恋。
村外廊桥处处，村前溪水潺潺。掬来凉意入心间，好涤心尘一遍。

张秋萍 浙江

柿　　子

房前枝上挂灯笼，子结玲珑满树红。
惹得垂涎三尺望，凝思应是味无穷。

张秋萍 浙江

杨家堂古樟树

双樟茂盛护山乡，一脉同根故事藏。
青翠浓荫遮半岭，还能四季送清香。

张秋萍 浙江

杨家堂之行

山峦绿野树葱茏，黛瓦黄墙现旧容。
更有古樟藏故事，桃源胜境觅诗踪。

张尧忠 浙江

宝鼎现·咏松阳箬寮原始森林景区[①]

箬寮奇迹，圣树仙草，深闺初识。登石级、缘溪上溯，香榧茶菇连异卉。小木屋、品农家风味，遥望山亭积翠。忒畅快、森林绝处，吸纳清空嘉气。　　隐护泉女鲸池事，问廊桥、佳梦曾记？龙瀑细、千年不息，神话从兹添妩媚。喜胜境、更欣逢盛世，游侣情牵意会。觅玉石、追鱼浅水，恰好传承爱意。　　生物宝库天然，今日始知峰雄伟。忆红军曾驻，留有安岱遗址。有大将、举英雄旆，拓出新天地。信此后、旖旎风光，一如明星耀世。

[注释]

① 相传箬寮隐泉为渔女化身，龙瀑为龙子化身，曾演绎一段相护相守的爱情故事。1935年，红军挺进师师长粟裕曾率部队驻扎箬寮南麓安岱后村，创建浙西南游击根据地。现保留十多处革命遗址，为爱国主义教育基地。

张振辉 浙江

膳垄村博物馆

白云渺渺数峰青，飞宇凌空照眼明。
坐对门前溪上路，竹风飘拂过檐楹。

张振辉 浙江

膳　垄　村

群山共处数桥横，翠映篱前窗自明。
万木含风幽谷里，一溪村舍带泉声。

郑媛媛 安徽

徽　州　客

一泓秋涧晕荷风，微雨遥看鹿径通。
名宦已随寒日薄，溪林犹被落花蒙。
水云身寄烟霞志，泉石心疏罗绮丛。
我是徽州世外客，且携诗酒老山中。

周加祥 浙江

晨 逛 吊 坛

旭日升时信步游，高低村路野花稠。
堂前旧迹生新意，且看精英住古楼。

周加祥 浙江

吊坛[1]民宿

石路烟村流碧霞，天星挤眼动心涯。
山莺醒我返春梦，清气悠悠炼韵华。

［注释］

① 吊坛，指松阳县传统古村落。

周加祥 浙江

吊坛观枫

秋风作画见神功，染得青枝透骨红。
菊尽常言花不发，霜枫似火意尤丰。

周加祥 浙江

吊坛夜曲

目观星闪耳闻琴，疑是天神传正音。
欲问人间何乐美，仙坑源[1]曲韵舒心。

［注释］

① 仙坑源，指地名。

周加祥 浙江

秋游吊坛

秋风越岭画山村，柿子红通笑满屯。
民宿清幽留远客，小诗出口酒三樽。

周加祥 浙江

松阳问茶有怀

蟾峰[1]伫立目巡游，翠色如龙竞不休。
山下春歌音邈邈，釜中茶水意悠悠。
闻香已觉添甘露，入药当寻留苦喉。
从古茗思惟陆圣[2]，当今荈梦重松州。

［注释］

① 蟾峰，指松阳县山峰。
② 陆圣，指茶圣陆羽。

周荣贵 浙江

山 村 风 雅

山中初夏阳光早，万丈金丝深壑垂。
泉谢断涯珠四溅，燕穿梁下媚千姿。
香花野径迎风笑，绿竹清波接浪推。
快影频频留画卷，浓浓乡景颂诗词。

周伟贤 浙江

槎 川

槎峰瀑布景悠然，碧水澄清锦鲤欢。
白鹭双飞波荡漾，竹排似箭坐神仙。

周晓鹏 浙江

膳 垄 记 事

古村漫步觅秋光，拂面徐风入景凉。

几缕炊烟添逸韵，半竿斜日蕴诗章。
淡云滚滚飞禽望，薄雾飘飘奇兽狂。
深杏浅桃流浪客，生怜瘦减莫杯觞。

周晓鹏 浙江

西江月·杨家堂

落日斜铺老路，寒烟淡笼高樟。冬来谁与孤光。路遇牛郎北望。　有意回身晚唱，无随伍而忙。周郎一见俏松阳。从此春心荡漾。

周增芝 山东

箬寮行吟

岩苔凝岭嶂，枝露透衣襟。
风起苍岚远，云横乱壑深。
长空飞鸟影，曲径落花阴。
身外流泉响，林丰不可寻。

祝仁卿 浙江

膳垄古村落即景

清泉石径正斜阳，秋树青蔬黄土墙。
四合青山也怀旧，围成一角老时光。

贺诗荟萃

陈水根 浙江

贺第四届中华生态诗学术研讨会召开

松阳古邑续宏篇，生态诗词华夏传。
好赋同吟歌舞伴，良师咸集论文研。
攀云追月心胸阔，滴水成冰步履坚。
深爱乡邦弘国粹，经霜枫叶愈丰妍。

陈忠远 浙江

应邀出席首届“兰雪杯”全国诗词大赛颁奖典礼暨兰雪诗词吟诵晚会即兴感作

诗吟天下欲何之，柳陌神伤十二时。
备矣何心秋斗酒，浩然送目夜拈髭。
松风上国复谁识，兰雪前朝岂我私。
读到玉娘贞一句，几人真个识诗词！

傅瑜 浙江

鹧鸪天·中华生态诗学术研讨会有感

何谓中华生态诗，论坛研讨正逢时。松荫溪畔听高见，百仞山前拜大师。　谈卓识，话真知，连篇妙语启文思。欣看雨露长滋润，瓯水飞舟尚未迟。

郭星明 浙江

松阳高席座中

会聚松阴起高咏，八方骚客畅诗怀。
爱莲一曲深思永，且放轻舟过两淮。

何鹤 北京

中华诗词乡村研读馆开馆

黄泥漫抹马头墙，小院偷回一缕光。
诗秉天真怜古色，兰因风动散幽香。
群贤雅聚松阳镇，盛世高吟张玉娘。
文化难从新旧论，由来经典可收藏。

姜燕玲 浙江

苏幕遮·贺张玉娘诗文馆开馆

论斯文，吟古语。唐宋情怀，旧日文祠处。兰雪井旁鹦鹉墓。葬罢痴情，山月牵魂去。　　小松阳，今盛举。南北西东，笔下同君叙。暮雨朝云悲喜作。赓续传承，了却伤心句。

李鑫飏 浙江

闻说张玉娘诗文馆落成开放

夙愿今偿忙起笔，闻听喜讯众声称。
松阳景致添浓彩，兰雪情怀有继承。
小憩何妨提酒去，浅吟休再把栏凭。

春风拂过官塘外，错落诗碑玉映灯。

刘勇斌 浙江

贺张玉娘诗文馆落成开放

兰雪吟坛欣向荣，玉娘诗馆始今成。
追思园内香魂绕，鹦鹉坟前月色盈。
展件般般牵往事，碑文片片忆深情。
松阳梁祝传千古，雅韵新词寄远声。

毛星兰 浙江

点绛唇·贺张玉娘诗文馆开馆（通韵）

松古奇才，痴情薄命留青史。班昭之比，高咏无人匹。　　玉宇新成，客坐合堂喜。悄独立。夕阳流溢，晖映椒兰室。

潘爱华 浙江

贺张玉娘诗文馆落成开馆

鹦鹉魂消青冢前，玉娘词集世人传。
坚贞圣洁映冰雪，才德垂芳耀碧天。
家国情怀讴勇士，诗书岁月作吟笺。
今朝展馆遗风烈，拾韵碑林瞻锦篇。

潘惠华 浙江

贺张玉娘诗文馆重开馆

官塘门外耸琼楼，馆器藏书数一流。

宋韵花开逢盛世，奇香艳绝永传留。

彭满英 浙江

浣溪沙·贺兰雪诗词暨第四届丽水“瓯江山水诗路”中华生态诗学术交流会隆重举行

古邑松阳诗有缘，迎来喜事聚群贤，新词赓续玉娘篇。　　蘸墨挥毫追梦境，创新立派向峰巅，情吟生态韵连绵。

彭满英 浙江

浣溪沙·贺松阳张玉娘诗文馆开馆

气爽秋高菊正黄，兰心蕙质出松阳。玉娘文馆墨生香。　　吟苑新花开绚烂，厅堂旧句散芬芳。红装挥笔写华章。

钱小林 浙江

热烈祝贺丽水市首届兰雪诗词研讨会召开

松古平原陶菊开，吟坛盛会应时来。
专家讲座多明典，活动采风高搭台。
绿谷处州添韵意，瓯江诗路绝尘埃。
弘扬兰雪千秋梦，旨让诗林广聚才。

松庐 浙江

贺新郎·重修松阳张玉娘诗文馆感其身事有赋

霞散香魂冷。会当年、沈郎旧约，紫囊为证。殊代佳人词宗敬。苍岭松溪何幸。暮云暗、楼空江静。月小不惊鹦鹉冢，恨少年早抱多情病。兰雪调，今犹咏。　　遥思与汝同煎茗。恰春明、新泉涌沸，玉仙婷娉。循迹东风枫林境。却见荒祠废井。悟浮世、孰非萍梗。欲逐双鸿归不得，对寒天无语波光映。谁共我，看高影。

吴莉梅 浙江

祝贺张玉娘诗文馆落成开放

古镇官塘景色明，若琼新馆眼前呈。
冰清玉洁柔风格，雪白兰幽高雅情。
鹦鹉坟边圆美梦，诗文室内响佳声。
匠心别具星辰耀，万首歌词为爱鸣。

吴岳坚 浙江

第四届瓯江山水诗路与中华生态诗学术交流会有感

四方宾客聚松阳，满腹雄文论短长。
各显神通齐汇力，瓯江诗派再征航。

夏莘根 浙江

贺兰雪诗词暨第四届丽水市瓯江山水诗路与中华生态诗学术会举行

玉振金声践处州，松阳润朗韵丰秋。
诗吟四届长驰笔，坛接廿重高筑楼。
秘境先开词域广，明珠现耀墨香稠。
瓯江绿谷春歌起，引领潮流好兆头。

项志英 浙江

贺第四届丽水瓯江山水诗路与中华生态诗学术松阳分会召开

云遥思雅客，篱菊送清香。
幽谷文坛聚，抹浓生态妆。

徐然虎 浙江

贺张玉娘诗文馆开馆（中华新韵）

采莲花动桨犁沟，川上佳人弄小舟。
兰雪井泉泽万代，玉娘词作越千秋。
纷纭骚客重重恨，次第诗家点点愁。
祠复贞文聊入梦，三清冢畔待从头。

徐玉梅 浙江

贺首届兰雪诗词研究交流会召开

诗朋结伴古城行，秘境松阳满眼荣。
优韵和谐扬国粹，雅声璀璨赋征程。
枫红烂漫童心唤，竹绿葱茏夏意萌。
壮丽山河多异彩，中华生态润毫行。

杨向明 浙江

贺张玉娘诗文馆开馆

爱国词家张玉娘，仙乡建馆永传扬。
文人献祝荣名显，满座高朋兰雪香。

叶传凯 浙江

洞仙歌·贺松阳张玉娘诗文馆开馆

官塘门外，望层楼高起。诗馆图媒自今始。想当时、郊外荒土悲凉，兰雪井，碑冢残垣未毁。得中华盛世，建馆重光，女性诗词聚于此。　　又玉娘戏剧、涵咏新风，堪洗恨、共为悲喜。众典籍、词品足流芳，更有那，贞操永留青史。

曾金美 浙江

题咏张玉娘诗文馆

官塘门外添新宇，玻壁煌煌透亮光。
碑耀诗词飞丽句，井盈泉水伴清凉。
枫林遍地幽香溢，兰雪遗篇精艺藏。
盛世公仆多善举，骚坛众彦愿今偿。

张金英 海南

海口之杭州[①]赴丽水松阳[②]参加中华生态诗词研讨会机上作

跃上一长龙，翱翔在碧空。
琼州云擦过，丽水梦相通。
万物皆盟友，千山共大同。
原生自然态，还看绿林松。

[注释]

① 从海口乘坐长龙 GJ8118 航班前往杭州。

② 丽水市松阳县被称为“最后的江南秘境”。

赵安民 北京

丽水市第四届瓯江诗派中华生态诗学术松阳峰会

妙用声光电，话筒音扩声。
视频传网络，文字显荧屏。
相距二千里，半天高铁程。
会离将十点，晚上返京城。
科技夸人力，诗词启远征。

周加祥 浙江

鹧鸪天·贺张玉娘文史馆开馆

人在西天魂在东，故乡风月把君崇。鹦鹉冢外添春意，文史馆前论韵功。　　千年后，梦相通。山高月小情更浓。瓯江诗路连宋韵，娇娇身骨也英雄。

图书在版编目(CIP)数据

兰雪诗萃初编 / 姚蓉，周加祥主编；夏莘根等副主编.—上海：上海大学出版社，2024.6

ISBN 978-7-5671-4953-3

Ⅰ.①兰… Ⅱ.①姚… ②周… ③夏… Ⅲ.①诗词-作品集-中国-当代 Ⅳ.①I227

中国国家版本馆 CIP 数据核字(2024)第 060843 号

责任编辑 王 聪
封面设计 倪天辰
技术编辑 金 鑫 钱宇坤

兰雪诗萃初编

姚 蓉 周加祥 主编

上海大学出版社出版发行

（上海市上大路 99 号 邮政编码 200444）

（https://www.shupress.cn 发行热线 021-66135112）

出版人 戴骏豪

*

南京展望文化发展有限公司排版

上海普顺印刷包装有限公司印刷 各地新华书店经销

开本 710mm×1000mm 1/16 印张 19 插页 2 字数 238 千

2024 年 6 月第 1 版 2024 年 6 月第 1 次印刷

ISBN 978-7-5671-4953-3/I·700 定价 98.00 元